永恒的经典

修身励志的 **160** 个
哲理故事

刘晓树 ◎ 编著

天津出版传媒集团

天津科学技术出版社

图书在版编目（CIP）数据

修身励志的 160 个哲理故事 / 刘晓树编著 . -- 天津：天津科学技术出版社，2008.12（2024.5 重印）

（永恒的经典）

ISBN 978-7-5308-4953-8

Ⅰ.①修… Ⅱ.①刘… Ⅲ.①故事 – 作品集 – 世界 Ⅳ.① I14

中国版本图书馆 CIP 数据核字（2008）第 212647 号

修身励志的 160 个哲理故事
XIUSHENLIZHI DE 160GE ZHELI GUSHI

责任编辑：王　璐
责任印制：刘　彤

出　　版：天津出版传媒集团
　　　　　天津科学技术出版社
地　　址：天津市西康路 35 号
邮　　编：300051
电　　话：（022）23332399
网　　址：www.tjkjcbs.com.cn
发　　行：新华书店经销
印　　刷：三河市同力彩印有限公司

开本 710×1000　1/16　印张 12　字数 200 000
2024 年 5 月第 1 版第 5 次印刷
定价：49.00 元

前言
Preface

一则好的故事可使我们沉思生存之意义；一则好的故事可以给我们以新的视野和方式去体察大千世界、芸芸众生；一则好的故事能改善人与人之关系，移人情性。浓缩人生智慧精华的哲理故事，可以使我们获得来自心灵的启示，可以让我们拥有人生的大智慧，甚至可能改变一个人的命运。用一则则生动的故事来阐释一条条人生的哲理，也许会比空洞的大道理和说教更令人乐意接受。在面临挑战、遭受挫折时，读读这些故事，相信你能从中汲取力量；在烦恼、痛苦和失落时，读读这些故事，相信你能从中获取慰藉；在沮丧、惶惑甚至感到无望时，读读这些故事，相信你能重新鼓起梦想的风帆。

这160个哲理故事是我们为读者精心准备的160道心灵鸡汤，在这里，没有枯燥的理论，没有严厉的责备，也没有无形的压力，你可以轻松品味，充分感受故事给你带来的愉悦。在每一则故事的后面，我们都配有简短的点评，希望能给本书的读者一点点参考，帮助点亮你们智慧的灯盏。但我们深深知道，故事所包含的智慧远远不止这一点点，不同的人可能有不同的见解，仁者见仁，智者见智。我们只希望小小的点评可以起到抛砖引玉的作用，我们也相信聪明的读者能从故事中参悟到更多的人生哲理和人生智慧。

编　者

目 录
CONTENTS

袋鼠和笼子 …………………… 2
不同的结局 …………………… 3
暴雨后的蜘蛛 ………………… 4
求人不如求己 ………………… 5
两个和尚 ……………………… 6
分　粥 ………………………… 8
一瓶水的故事 ………………… 9
错过的机会 …………………… 11
一幅拼图 ……………………… 13
男孩和钉子 …………………… 14
丢掉的心愿石 ………………… 15
一堂管理课 …………………… 17
老渔夫的秘密 ………………… 19
小男孩和大石头 ……………… 20
海星的命运 …………………… 22
生命的价值 …………………… 24
贪心的乞丐 …………………… 26
品味尊重 ……………………… 28
断　箭 ………………………… 29
心中的顽石 …………………… 31
两只水桶 ……………………… 33
死亡前的等待 ………………… 34
站着做人跪着做事 …………… 36
掉进井里的驴子 ……………… 37
人与狗的哲理 ………………… 39

目 录
CONTENTS

鹦 鹉 …………………………… 43
新来的博士 …………………… 44
落入坑洞的猎人 ……………… 46
充满自信的樵夫 ……………… 48
扫落叶的小和尚 ……………… 49
一袋宝石 ……………………… 50
浮生若茶 ……………………… 51
上帝给刺猬的礼物 …………… 53
天堂之门 ……………………… 54
九头牛的故事 ………………… 56
生命的养料 …………………… 57
上升的气球 …………………… 59
一杯水有多重 ………………… 60
信徒和佛祖 …………………… 61
说话前的三个筛子 …………… 64
一条鱼眼中的海 ……………… 66
苹果的香味 …………………… 67
渔夫与富商 …………………… 69
两只老鹰 ……………………… 71
另一种地狱 …………………… 73
小河流的旅程 ………………… 75
羊羔的说服力 ………………… 77
给你一根绳子 ………………… 79
神父的信念 …………………… 81
幸福的含义 …………………… 83

目 录
CONTENTS

得与失 ……………………… 85
保罗与小男孩 ……………… 87
人生只有一个半朋友 ……… 89
最棒的玉米 ………………… 91
两只老虎 …………………… 92
拍卖会上的故事 …………… 93
人生的秘诀 ………………… 95
河边的苹果 ………………… 96
遭遇逆境 …………………… 97
谁是前世埋你的人 ………… 99
狮子与大象 ………………… 100
成功需要多少年 …………… 102
两群羊 ……………………… 103
人生三大陷阱 ……………… 106
还有一个苹果 ……………… 108
降伏心中的鬼 ……………… 109
每个人都有自己的天堂 …… 111
信仰 ………………………… 113
简单事重复做 ……………… 114
赶不走的驴子 ……………… 116
渔夫的儿子 ………………… 118
爱人之心 …………………… 119
给 予 ……………………… 120
提醒自我 …………………… 121
留个缺口给别人 …………… 122

目 录
CONTENTS

佛塔上的老鼠 …………… 123
疯子和呆子 ……………… 124
跳　槽 …………………… 126
鞋　带 …………………… 127
选　择 …………………… 128
坚持自己 ………………… 129
弟子求师 ………………… 130
天堂与地狱 ……………… 131
时间和爱的故事 ………… 132
兰　花 …………………… 134
谷仓里的金表 …………… 135
诡　辩 …………………… 137
儿　子 …………………… 139
小贩与青年 ……………… 140
三个小金人 ……………… 141
赶　考 …………………… 142
鱼骨刻的老鼠 …………… 143
抢劫自己 ………………… 145
路曲心直 ………………… 147
走进星星的世界 ………… 149
坚持自己的价值 ………… 151
农妇和乞丐 ……………… 153
"诚信"漂流记 …………… 155
活在当下 ………………… 157
信用是人生最重要的资本 ……… 159

目 录
CONTENTS

猴子饮水 …………… 161
把失败写在背面 …………… 163
上帝的忠告 …………… 165
鸡与大蟒蛇 …………… 167
贪婪的鲫鱼 …………… 168
被信任是一种幸福 …………… 169
放大你的优点 …………… 171
庄稼与杂草 …………… 172
狼设置的"陷阱" …………… 174
机会只有一次 …………… 175
信念无敌 …………… 177
扛船赶路 …………… 178
再忍耐一下 …………… 180

修身励志的160个哲理故事

袋鼠和笼子

有一天,动物园管理员们发现袋鼠从笼子里跑出来了,于是开会讨论,一致认为是笼子的高度过低。所以它们决定将笼子的高度由原来的十米加高到二十米。结果第二天他们发现袋鼠还是跑到外面来了,所以他们又决定再将高度加高到三十米。

没想到隔天他们居然又看到袋鼠全跑到了外面,于是管理员们大为紧张,决定一不做二不休,将笼子的高度加高到一百米。

一天长颈鹿和几只袋鼠们在闲聊,长颈鹿问:"你们看,这些人类会不会再继续加高你们的笼子?""很难说,"袋鼠说:"如果他们再继续忘记关门的话!"

※哲理感知※

如果方法不对头,那么付出的努力再大也是毫无用处的。其实很多人都是这样,只知道有问题,却不能抓住问题的核心和根基。

不同的结局

从前，有两个饥饿的人得到了一位神仙的恩赐：一根渔竿和一篓鲜活硕大的鱼。其中，一个人要了一篓鱼，另一个人要了一根渔竿，于是他们分道扬镳了。得到鱼的人原地就用干柴搭起篝火煮起了鱼。他狼吞虎咽，还没有品出鲜鱼的肉香，转瞬间，连鱼带汤就被他吃了个精光，不久，他便饿死在空空的鱼篓旁。得到渔竿的那个人继续忍饥挨饿，一步步艰难地向海边走去，可当他已经看到不远处那片蔚蓝色的海洋时，他浑身的最后一点力气也使完了，也只能眼巴巴地带着无尽的遗憾撒手人间。

又有两个饥饿的人，他们同样得到了神仙恩赐的一根渔竿和一篓鱼，只是他们并没有各奔东西，而是商定共同去找寻大海。他俩每次只煮一条鱼，然后分着吃。就这样，经过遥远的跋涉，他们终于来到了海边，从此，两人开始了捕鱼为生的日子。几年后，他们盖起了房子，有了各自的家庭、子女，有了自己建造的渔船，过上了幸福安康的生活。

❋哲理感知❋

一个人只顾眼前的利益，得到的终将是短暂的欢愉；人虽然目标高远，但也要面对现实的生活。只有把理想和现实有机结合起来，才有可能成为一个成功的人。

暴雨后的蜘蛛

一场暴雨过后,一只蜘蛛在艰难地向墙上已经支离破碎的蛛网爬去,由于暴雨把墙壁打湿了,每当它爬到一定的高度,就会掉下来。于是它一次次地向上爬,一次次地又掉下来……

第一个人看到这种情景,他叹了一口气,自言自语道:"我的一生不正如这只蜘蛛吗?忙忙碌碌而无所得。"于是,他日渐消沉,对生活失去了希望。

第二个人看到后,他想:这只蜘蛛真愚蠢,为什么不从旁边干燥的地方绕一下爬上去呢?我以后可不能像它那样愚蠢。于是,他变得聪明起来。

第三个人看到后,他立刻被蜘蛛屡败屡战的精神感动了。于是,他变得坚强起来,对以后的生活充满了希望。

❋哲理感知❋

积极的心态决定着积极的行动,有成功心态者处处都能感受到迈向成功的力量。

求人不如求己

有一个人在屋檐下躲雨，看见观音正撑着伞走过来，于是这人就对观音说："观音菩萨，普度一下众生吧，带我一段路可以吗？"

观音说："我在雨里，你在檐下，而檐下无雨，你不需要我带。"这人立刻跳出檐下，站在雨中说："现在我也在雨中了，总该带我了吧？"观音说："你在雨中，我也在雨中，我不被淋，因为有伞；你被雨淋，因为无伞。所以不是我带自己，而是伞带我。你要想带的话，不必找我，请自己找伞去吧！"说完便走了。

第二天，这人遇到了难事，便去寺庙里求观音。走进庙里，他才发现观音的像前有一个人也在拜，那个人长得和观音一模一样，丝毫不差。

于是这人问道："你是观音吗？"

那人回答道："我正是观音。"

这人又问："那你为何还拜自己？"

观音笑道："我也遇到了难事，但我知道，求人不如求己。"

※ 哲理感知 ※

　　有的时候，我们遇到困难时，首先想到的是求别人帮助，其实，真正能长久帮助自己的往往正是你自己。

两个和尚

有两个和尚,他们分别住在相邻的两座山上的庙里。这两座山之间有一条小溪,于是这两个和尚每天都会在同一时间下山去小溪边挑水,久而久之他们成了好朋友。

就这样,时间在每天挑水中不知不觉已过去了五年。有一天,左边这座山的和尚没有去下山挑水,右边那座山的和尚心想:他大概睡过头了。便没有放在心上。

哪知道第二天,左边这座山的和尚还是没有下山挑水,第三天也一样,过了一个星期还是一样。直到过了一个月,右边那座山的和尚终于沉不住气了,他心想:我的朋友可能生病了,我要过去拜访他,看看能帮上什么忙。

于是他便爬上了左边这座山,去探望他的老朋友。

等他爬到了左边这座山,看到他的老友之后大吃一惊,因为他的老友正在庙前练功,一点也不像一个月没喝水的人。于是他很好奇地问:"你已经一个月没有下山挑水了,难道你可以不用喝水吗?"

左边这座山的和尚说:"来来来,我带你去看。"于是他带着右边那座山的和尚走到庙的后院,指着一口井说:"这五年来,我每天做完功课后都会抽空挖这口井,即便有时很忙,能挖多少就算多少。如今终于让我挖出了井水,于是我就不用再下山去挑水了,现在我有更多时间来练功了。"

❀哲理感知❀

　　我们领的薪水再多,那都是挑水,而把握下班后的时间挖一口属于自己的井,等将来年纪大了,体力拼不过年轻人了,还是可以有水喝的,而且喝得很悠闲。

分 粥

曾经有七个人住在一起,他们每天都要分一大桶粥,要命的是,粥每天都不够分。一开始,他们抓阄决定谁来分粥,每天轮一个人。于是每周下来,他们只有一天是自己饱的,就是轮到自己分粥的那一天。后来他们开始推选出一个道德高尚的人出来分粥。于是,大家就开始挖空心思去讨好他、贿赂他,搞得整个小团体乌烟瘴气。于是大家又开始组成三人的分粥委员会及四人的评选委员会,但他们常常互相攻击,扯皮下来后,粥吃到嘴里已经全是凉的了。最后他们想出来一个方法:轮流分粥,但分粥的人要等其他人都挑完后,自己去拿剩下的最后一碗。为了不让自己吃到最少的,因此每个人都尽量把粥分得平均,就算不平均,也只能认了。这样,大家都快快乐乐、和和气气,日子越过越好。

※哲理感知※

没有完全的公平,没有严格的奖勤罚懒,就会有不同的风气。如何制订这样一个制度,是每个领导必须要考虑的问题。

一瓶水的故事

有一个人在沙漠行走了两天，途中遇到狂风，一阵狂沙吹过之后，他迷失了方向。正当快撑不住时，突然，他发现了一幢废弃的小屋，于是他就拖着疲惫的身体走进了小屋内。

这是一间密不通风的小屋子，里面堆了一些枯朽的木材。当他几近绝望地走到屋角时，却意外地发现了一个抽水机。

于是他兴奋地上前汲水，却任凭怎么使劲，也抽不出半滴水来。这时，他看见抽水机旁有一个用软木塞堵住瓶口的小瓶子，瓶子上贴了一张

泛黄的纸条，纸条上写着：你必须用水灌入抽水机才能吸出水来！不要忘了，在你离开前，请再将水装满！他拔开瓶塞，发现瓶子里果然装满了水。

此时他的内心非常的矛盾：如果自私点，只要将瓶子里的水喝掉，他就不会渴死，就能活着走出这间屋子；如果照纸条做，把瓶子里唯一的水倒入抽水机内，万一水一去不回，他就会渴死在这个地方了。

到底要不要冒险？他内心非常矛盾。

最后，他决定把瓶子里唯一的水，全部灌入那个看起来破旧不堪的抽水机里，然后他以颤抖的手去汲水，水真的大量涌了出来！

他将吸上来的水喝足后，把瓶子装满水，用软木塞封好，然后在原来那张纸条后面，再加上他自己的话：相信我，真的有用。在取得之前，要先学会付出。

❋哲理感知❋

　　人生往往也是在冒险，但我们要记住一条，就是在获得之前一定要想到付出。

错过的机会

一个年轻人十分想娶农场主漂亮女儿为妻子，于是，他到农场主家里求婚。农场主仔细打量了他一番，说道："我们到牧场去，我会连续放出三头牛，如果你能抓住任何一头牛的尾巴，你就可以迎娶我的女儿了。"

他们来到了农场。农场主放出了第一头公牛，这头公牛向年轻人直冲过来。年轻人第一次看到这么大，这么丑陋的一头牛。他想，下一头应该比这一头好吧？于是，他站到一边，让这头牛穿过牧场，跑出了牛栏的后门。

牛栏的大门再次打开，第二头公牛冲了出来。然而，这头牛不但体形庞大，而且异常凶猛。它站在那里，蹄子刨着地，嗓子里发出咕噜咕噜的声音。"哦，这真是太可怕了。无论下一头公牛是什么样的，总会比这一头好吧？"于是，他连忙躲到栅栏的后面，让这头凶猛的牛穿过牧场，跑出牛栏的后门。

不大一会儿，牛栏的门第三次打开了。当年轻人看到这头公牛时候，脸上绽开了微笑。这头牛不但体形矮小，而且还非常瘦弱，这正是他想要抓的那头公牛！当这头牛向他跑过来的时候，他看准时机，猛地一跃，正要抓住牛尾巴，但是——这头牛竟然没有尾巴！

※哲理感知※

每个人都拥有机会。但是，机会稍纵即逝，因此，我们一定要学会把握每个机会，千万不要让机会从身边溜走。

一幅拼图

一个牧师正在准备讲道的稿子，他的小儿子却在一边吵闹不休。牧师无可奈何，便随手拾起一本旧杂志，把其中色彩鲜艳的插图——彩色世界地图撕成碎片，丢在地上，然后说道："小约翰，如果你能拼好这张地图，我就给你两角五分钱。"

牧师以为这样会使约翰花费掉上午的大部分时间，但是没过十分钟，儿子又来敲他的房门。牧师看到约翰如此之快地拼好了那幅世界地图，感到十分惊奇，就问到："孩子，你怎么这样快就拼好了地图？"

"啊，"小约翰说："这很容易。在另一面有一个人的照片，我就把这个人的照片拼到一起，然后把它翻过来。我想，如果这个人是正确的，那么，这个世界也就是正确的。"

牧师微笑着给了他的儿子两角五分钱："你替我准备了明天讲道的题目：如果一个人是正确的，那他的世界也就会是正确的。"

❋哲理感知❋

如果想改变自己的世界，改变自己的生活，首先就应改变你自己的世界观。如果一个人的世界观是正确的，那么他这个人也会是正确的。

男孩和钉子

有一个男孩脾气很坏,于是他父亲给了他一袋钉子,并且告诉他,每当他发脾气的时候就钉一个钉子在后院的围栏上。第一天,这个男孩钉下了37根钉子。慢慢的,每天钉下的数量在减少,因为他发现控制自己的脾气要比钉下那些钉子容易。

终于有一天,这个男孩再也不乱发脾气了。他把这件事情告诉了父亲。父亲又说,现在开始每当他能控制住自己脾气的时候,就拔出一颗钉子。一天天过去了,最后男孩告诉他的父亲,他终于把所有的钉子都给拔出来了。父亲握着他的手,来到后院说:"你做得很好,我的好孩子,但是看看那些围栏上的洞,这些围栏将永远不能恢复到从前的样子。你生气的时候说的话就像这些钉子一样会留下疤痕。就比如你拿刀子捅了别人一刀,不管你说了多少次对不起,那个伤口将永远存在。话语的伤痛就像真实的伤痛一样令人无法承受。"

※哲理感知※

人与人之间常常因为一时的冲动,而造成永远的伤害。如果我们都能从自己做起,宽容地对待他人,相信一定能收到许多意想不到的结果。

丢掉的心愿石

有个年轻人，想发财几乎到了发疯的地步，每当听说哪里有财宝便会不辞劳苦地去寻找。有一天，他听说附近深山中有位白发老人，若有缘与他见面，则有求必应，肯定不会空手而归。于是，这个年轻人便连夜收拾行李，赶上山去。

他在那儿苦等了五天，终于见到了传说中的老人，于是他向老者请求赐珠宝给他。老人告诉他说："每天早晨，在太阳还未升起时，你到村外

的沙滩上寻找一粒'心愿石'。其他石头都是冷的,而那颗'心愿石'却与众不同,握在手里,你会感觉到很温暖而且会发光。一旦你寻找到那颗'心愿石'后,你所祈祷的东西就都可以实现了。"青年人非常感激老人的指点,便很快回到了村里。

从此以后每天清晨,那青年人便会在沙滩上捡石头。发觉不温暖也不发光的,他便丢下海去。日复一日,月复一月,那青年在沙滩上寻找了大半年,都始终也没找到那颗温暖发光的"心愿石"。

有一天,他如往常一样,在沙滩上开始捡石头,一旦感觉不是"心愿石",他便丢下海去。一粒、二粒、三粒……突然,"哇"的一声,青年人哭了起来,因为他刚才习惯地将一颗石头随手丢下海去后,才发觉它是"温暖"的!

※哲理感知※

往往当机会降临眼前时,很多人都习惯地让它从手上溜走,而一旦发觉后,就后悔莫及了。所以我们要珍惜每次的机会。

一堂管理课

在一堂时间管理课上,教授在桌子上放了一个装水的罐子,然后又从桌子下面拿出一些正好可以从罐口放进罐子里的鹅卵石。当教授用鹅卵石把罐子装满后,便问他的学生:"你们说这罐子是不是满的?"

"是!"所有的学生异口同声地回答说。

"真的吗?"教授笑着问。然后又从桌子底下拿出一袋碎石子,把碎石子从罐口倒下去,摇一摇,再加一些,再问学生:"你们说,这罐子现在是不是满的?"这回学生们不敢回答得太快。最后有个学生怯生生地细声回答道:"也许没满。"

"很好!"教授说完后,又从桌子下面拿出一袋沙子,慢慢地倒进罐子里。倒完后再问班上的学生:"现在你们再告诉我,这个罐子是满的呢?

还是没满?"

"没有满!"全班同学这下学乖了,大家都很有信心地回答说。

"好极了!"教授再一次称赞他的学生们。然后,教授从桌底下拿出一大瓶水,把水倒进看起来已经被鹅卵石、小碎石、沙子填满了的罐子里。当这些事都做完之后,教授问他班上的同学:"我们从这些事情得到了哪些启示?"

教室里一阵沉默,然后一名学生回答说:"无论我们的工作多忙,行程排得多满,如果抓紧一些的话,还是可以多做些事的。"这位学生回答完后心中很得意地想:这门课到底讲的是时间管理啊!

教授听到他的回答后,点了点头,微笑着说:"答案不错,但这并不是我要教给你们的全部。"说到这里,这位教授故意顿住,用眼睛向全班同学扫了一遍说:"我想告诉各位最重要的是,如果你不先将大的鹅卵石放进罐子里去,那么你也许以后永远没机会把它们再放进去了。"

❈哲理感知❈

　　人生没有回头路,在我们年轻的时候如果没有为以后的道路打下坚实的基础,那么当我们明白过来的时候,恐怕后悔也来不及了。

老渔夫的秘密

　　西班牙人爱吃沙丁鱼，但沙丁鱼非常的娇贵，极不适应离开大海后的环境。当渔民们把刚捕捞上来的沙丁鱼放入鱼槽运回码头后，用不了多久沙丁鱼就会死去。而死掉的沙丁鱼味道不好，销量也差，倘若抵港时沙丁鱼还存活着，鱼的卖价就要比死鱼高出若干倍。为延长沙丁鱼的活命时间，渔民想尽了各种方法让鱼能活着到达港口。后来有一个老渔夫想出一个法子，他将几条沙丁鱼的天敌鲶鱼放在运输容器里。因为鲶鱼是食肉鱼，放进鱼槽后，鲶鱼便会四处游动寻找小鱼吃。为了躲避天敌的吞食，沙丁鱼自然加速游动，从而保持了旺盛的生命力。如此一来，沙丁鱼就一条条活蹦乱跳地被运到了渔港。

❋哲理感知❋

　　当压力存在时，为了更好地生存发展下去，弱者必然会比其他人更用功，而越用功，跑得就越快。适当的竞争犹如催化剂，可以最大限度地激发人们体内的潜力。

小男孩和大石头

一个小男孩在沙坑里玩耍。沙坑里有他的一些玩具小汽车、敞篷货车、塑料水桶和一把亮闪闪的塑料铲子,突然,他在沙坑的中部发现一块很大很漂亮的石头。

于是,小家伙就开始挖掘石头周围的沙子,企图把它从泥沙中弄出去。他是个很小的小男孩,而石头对他来说却相当的大。他手脚并用,费了很大的力气,才把石头弄到了沙坑的边缘。这时他才发现,他无法把石头向上滚动来越过沙坑的边墙。

于是小男孩用手推、肩挤、左摇右晃,一次又一次地向石头发起了冲击。可是，每当他刚刚觉得快要成功的时候，石头便滑脱了，重新掉进沙坑。

于是，小男孩再一次使出吃奶的力气猛推猛挤。但是，他得到的唯一回报便是石头再次滚落回来，并砸伤了他的手指。

最后，他伤心地哭了起来。这整个过程，男孩的父亲从起居室的窗户里看得一清二楚。当泪珠滚过孩子的脸庞时，父亲来到了他的跟前。

父亲的话温和而坚定："儿子，你为什么不用上所有的力量呢？"

垂头丧气的小男孩抽泣着说："但是我已经用尽全力了，爸爸，我已经尽力了！我用尽了我所有的力量！"

"不对，儿子，"父亲亲切地纠正道，"你并没有用尽你所有的力量——你没有请求我的帮助。"

说完父亲弯下腰，抱起那块石头，将它搬出了沙坑。

❋哲理感知❋

人互有短长，你解决不了的问题，对你的朋友或亲人而言或许就是轻而易举的，记住，他们也是你的资源和力量。

海星的命运

有一个人到墨西哥去旅游。一天黄昏时,他正在一个海滩漫步,忽然看见远处仿佛有一个人在跳舞。等走近时,他才发现原来是一位土著在沙滩上拾一些东西,然后用力地抛到海里去,并且重复不停地把拾起的东西抛到海里。

等走近一些时,他看清楚了,原来这土著在不停地拾起被潮水冲到沙滩上的海星,然后再用力地把它抛回大海。

于是他走上前,对土著说:"晚安!朋友,我不明白你在干什么。"

那人说:"我在把这些海星抛回海里。你看,现在正是潮退,海滩上这些海星全是给潮水冲到岸上来的,它们很快便会因缺氧而死了!"

"这我明白。不过这海滩上有数不尽的海星,成千上万的,你有能力把它们全部送回大海吗?假如你真的能做到,试想,这海岸有过百的海滩,你又怎么有工夫去处理呢?你可知道你的作用不大啊!"

那位土著微笑着,又拾起一只海星,一边抛一边说:"你说得不错,但起码我改变了这只海星的命运呀!"

❀哲理感知❀

我们往往都有着很高的理想,虽然这些理想我们未必一定都能实现,但绝不能因此就放弃眼前的努力。

生命的价值

在一次讨论会上,一位著名的演说家没讲一句开场白,手里却高举着一张20美元的钞票。

面对会议室里的两百多人,他问:"谁要这20美元?"一只只的手举了起来。他接着说:"我打算把这20美元送给你们中的一位,但在这之前,请准许我做一件事。"他说着将钞票揉成一团,然后问:"现在谁还要?"这时仍有人举起手来。

他又说:"那么,假如我这样做又会怎么样呢?"他把钞票扔到地上,又踏上一只脚,并且用脚碾它。然后他拾起钞票,此时的钞票已变得又脏又皱了。

"现在谁还要?"他又问到。

还是有人举起手来。

于是他说:"朋友们,你们已经上了一堂很有意义的课。无论我如何对待那张钞票,你们还是想要它,因为它并没贬值,它依旧值20美元。在人生的道路上,我们会无数次被自己的决定或碰到的逆境击倒、欺凌甚至碾得粉身碎骨。我们觉得自己似乎一文不值。

但无论发生什么,或将要发生什么,你们永远不会丧失价值。生命的价值不依赖我们的所作所为,也不仰仗我们结交的人物,而是取决于我们本身!因为你们是独特的——永远不要忘记这一点!"

❋哲理感知❋

每个人都有自己特定的价值。一个人的价值在于他的存在对别人是否重要,而不是他能否在事业上取得与其他人一样辉煌的成就。平凡的他对他身边的人一样很重要,这也说明他们有价值。

贪心的乞丐

一个沿街流浪的乞丐每天总在想：假如我手头要有两万元钱就好了。一天，这个乞丐无意中发现了一只跑丢的、很可爱的小狗，乞丐发现四周没人，便把狗抱回了他住的窑洞里，并拴了起来。

这只狗的主人是本市有名的大富翁。这位富翁丢了狗后十分着急，因为这是一只纯正的进口名犬。于是，就在当地发了一则寻狗启事：如有拾到者请速还，付酬金两万元。

第二天，乞丐沿街乞讨时，看到了这则启事，便迫不及待地抱着小狗准备去领那两万元酬金。可当他匆匆忙忙抱着狗又路过贴启事处时，发现启事上的酬金已变成了3万元。原来，大富翁关心他的爱犬，又把酬金提高到了3万元。

乞丐似乎不相信自己的眼睛，向前走的脚步突然间停了下来。他想了想又转身将狗抱回了窑洞，重新拴了起来。第三天，酬金果然又涨了，第四天又涨了，直到第七天，酬金涨到了让市民都感到惊讶时，乞丐这才跑回窑洞去抱那只狗，可想不到的是，那只可爱的小狗已被饿死了。乞丐最终也没有改变他的命运。

※哲理感知※

其实人生在世，许多美好的东西并不是我们无缘得到，而是因为我们的期望太高，往往在刚要接近一个目标时，又会突然转向另一个更高的目标。西方一位哲人曾说过这样一句话："人的欲望是座火山，如不控制就会害人伤己。"

品味尊重

有个商人看到一个衣衫褴褛的铅笔推销员,顿生一股怜悯之情。他不假思索地将10元钱塞到卖铅笔人的手中,然后头也不回地走开了。走了没几步,他忽然觉得这样做不妥,于是连忙返回来,并抱歉地向那位推销员解释说自己忘了取笔,希望他不要介意。最后,他郑重其事地说:"你和我一样,都是商人。"

一年之后,在一个商贸云集、热烈隆重的社交场合,一位西装革履、风度翩翩的推销商迎上这位商人,不无感激地自我介绍道:"您可能早已忘记我了,而我也不知道您的名字,但我永远不会忘记您。您就是那位重新给了我自尊和自信的人。我一直觉得自己是个推销铅笔的乞丐,直到您亲口对我说,我和您一样都是商人为止。"

❈哲理感知❈

拥有自尊心是一种美德,是促使一个人不断向前发展的一种原动力,不难想象,倘若当初没有那么一句尊重鼓励的话,纵然给他几千元也无济于事,这位推销员绝不会出现从自认乞丐到自信自强的巨变。这就是尊重的力量!

断　箭

春秋战国时代，一位父亲和他的儿子出征打仗。父亲已做了将军，儿子还只是马前卒。又一阵号角吹响，战鼓雷鸣了，父亲庄严地托起一个箭囊，其中插着一支箭。父亲郑重对儿子说："这是家传宝箭，把它佩戴身边，会力量无穷，但千万不可抽出来。"

那是一个极其精美的箭囊，用厚牛皮钉制，四周镶着幽幽泛光的铜边儿。再看露出的箭尾，一眼便能认定用上等的孔雀羽毛制作。儿子喜上眉梢，贪婪地想象着箭杆、箭头的模样，耳旁仿佛有"嗖嗖"的箭声掠过，敌方的主帅应声落马而毙。

果然，佩戴宝箭的儿子英勇非凡，所向披靡。当鸣金收兵的号角吹响时，儿子再也压抑不住得胜的兴奋，完全忘记了父亲的叮嘱，强烈的欲望驱赶着他"呼"的一声就拔出宝箭，试图看个究竟。然后骤然间他惊呆了——箭囊里装着一支折断的箭。

我一直带着支断箭打仗呢！儿子吓出了一身冷汗，仿佛顷刻间失去支柱的房子，他的意志轰然间坍塌了。

结果不言自明，儿子惨死于乱军之中。

拂开蒙蒙的风尘，父亲拣起那支断箭，沉重地"咭"了一口说："不相信自己的意志，永远也做不成将军。"

❀哲理感知❀

　　意志就如同一根又弱又细的丝线，很容易拉断。一个人如果没有坚强的意志，那么很容易就会被命运所击败。

心中的顽石

从前,有一户人家的菜园里有着一颗大石头上,宽度大约有四十厘米,高度有十厘米。到菜园的人,一不小心就会绊到那一颗大石头,结果不是跌倒就是擦伤。

有一天,儿子问他的父亲:"爸爸,那颗讨厌的石头,您为什么不把它搬走呢?"

爸爸回答说:"从你爷爷时代,它就一直放在那里了。它的体积那么大,不知道要挖到什么时候,与其没事去挖石头,不如走路小心一点,还

可以训练你的反应能力。"

过了很多年，这颗大石头留到了下一代，当时的儿子娶了媳妇，也当了爸爸。

有一天儿媳妇气愤地说："爸爸，菜园里的那颗大石头，我越看越不顺眼，改天请人搬走好了。"

爸爸回答说："算了吧！那颗大石头很重的，可以搬走的话在我小时候就搬走了，哪会让它留到现在啊？"

儿媳妇心里非常的不是滋味，因为那颗大石头不知道让她跌倒多少次了。

有一天早上，儿媳妇带着锄头和一桶水，将整桶水倒在大石头的四周。十几分钟以后，她用锄头把大石头四周的泥土搅松。

她早有心理准备，可能要挖一天吧，谁都没想到几分钟就把石头挖了起来，原来，这颗石头远没有人们想象的那么大，大家都是被那个巨大的外表蒙骗了。

❋哲理感知❋

　　人们所犯错误的原因，都起源于童年时期偶然养成的偏见，如果要想改变你的世界，必须先改变你自己的心态。

两只水桶

一个农夫有两只水桶，他每天都用一根扁担挑着这两只水桶去河边打水。

两只水桶中的一只有道裂缝，因此每次到家时这只水桶总是会漏得只剩下半桶水，而另一只桶却总是满满的。就这样，日复一日，农夫每天只能从河里担回家一桶半水。

那只完整的桶很为自己的完美无缺得意非凡，而有裂缝的桶自然为自己的缺陷和不能胜任工作而羞愧。经过两年的自责之后，一天在河边，那只有裂缝的桶终于鼓起勇气向主人开了口："我觉得很惭愧，因为我这边有裂缝，一路上漏水，只能担半桶水到家。"

农夫回答它说："你注意到了吗？在你那一侧的路边上开满了花，而另外的一侧却没有。我从一开始就知道你有裂缝，于是便在你的那一侧沿路撒上了花籽。在我每天担水回家的路上，你都会给它们浇水。两年了，我经常从这路边采摘鲜花来装扮我的房间。如果不是因为你的所谓的缺陷，我怎么会有美丽的鲜花来装扮我的家呢？"

❀哲理感知❀

　　我们每个人都好比那只有裂缝的桶，各自都具有这样或那样的不足和缺点。倘若我们能怀着一颗包容的心，懂得发现对方的长处，并且能够扬长避短，我们的生活一定会变得更加轻松愉快和丰富多彩。

死亡前的等待

有一个人在森林中漫游的时候，突然遇见了一只饥饿的老虎，老虎大吼一声就扑了上来。他马上用尽生平最大的力气和最快的速度逃走，老虎在后面紧追不舍。他一直跑着，最后被老虎逼到了断崖边上。站在悬崖边上，他想：与其被老虎扑到，活活被咬死和肢解，还不如跳下悬崖，说不定还有一线生机。

于是他纵身跳下了悬崖，却非常幸运的卡在了一棵树上。那是一棵长在悬崖边的梅树，树上结满了梅子。正在暗自庆幸的时候，他忽然听到悬崖深处传来巨大的吼声，往崖底望去，原来有一只凶猛的狮子正抬头看着他。狮子的吼声使他心颤，但他转念一想：狮子与老虎是相同的猛兽，被谁吃掉，结果都是一样的。

正当他放下心时，又听见了一阵声音，仔细一看，是一黑一白两只老鼠正用力地咬梅树的树干。他先是一阵惊慌，但马上又放心了，他想：被老鼠咬断树干跌死，总比被狮子吃了要好。

等情绪平静下来后，他感到肚子有点饿，看到梅子长得正好，就采了一些吃起来。他觉得一辈子从没吃过那么好吃的梅子，吃完之后，他找到了一个三角形树丫，便骑在上面休息，心想：既然迟早都要死，不如在死前好好睡上一觉吧！

他在树上沉沉的睡过去了。等睡醒之后，他发现黑白老鼠不见了，老虎、狮子也不见了。于是他顺着树枝，小心翼翼地攀上悬崖，终于脱离了险境。

原来就在他睡着的时候，饥饿的老虎按捺不住，终于大吼一声，跳下悬崖。黑白老鼠听到老虎的吼声，惊慌地逃走了。跳下悬崖的老虎与崖下的狮子展开激烈的打斗，双双负伤也都逃走了。

❋哲理感知❋

在我们诞生那一刻开始，苦难，就像饥饿的老虎一直追赶着我们；死亡，就像一头凶猛的狮子，一直在悬崖的尽头等待。白天和黑夜的交替，就像黑白老鼠，不停地用力咬着我们暂时栖身的生活之树，总有一天我们会落入狮子的口中。既然知道了生命中最坏的情景是死亡，唯一的路，就是安然地享受树上甜美的果子，然后安心地去睡觉。

站着做人跪着做事

在一个宾馆里，一名服务生不小心把咖啡溅到了顾客的皮鞋上，于是他站在那里一个劲儿地向顾客道歉，但腿也在不停地发抖。老板见状走了过来，他没有指责服务生，更没有为他辩解，而是掏出自己的手绢跪下去替顾客擦拭溅上去的咖啡。那神情就像是在为他自己或者家人服务一样随意安详，既没有让顾客感到受宠若惊，更没有让失手的服务生感到难堪。

后来，这个服务生自己也当上了宾馆的老板。他说，就是那一刻，老板影响并成就了他的一生。而且每次说这话的时候，他都能够很清晰地记起老板跪下去的身影……

※哲理感知※

一个真正的智者不但知道什么时候应当跪，什么时候应当站，更重要的是站的时候腿不会发抖，跪的时候脸也不会发红。

掉进井里的驴子

一天，一个农民的驴子掉到了枯井里。那可怜的驴子在井里凄惨地叫了好几个钟头，农民在井口急得团团转，就是没办法把它救起来。最后，他只好自我安慰地想：驴子已经老了，这口枯井也该填起来了，不值得花这么大的精力去救驴子。

于是农民把所有的邻居都请来帮他填井。大家抓起铁锹，开始往井里填土。

驴子很快就意识到发生了什么事。起初，它只是在井里恐慌地大声叫，不一会儿，令大家都很不解的是，它居然安静了下来。几锹土过后，农民终于忍不住朝井下看去，眼前的情景让他惊呆了。

每一铲砸到驴子背上的土，它都作了出人意料的处理：迅速地抖落下来，然后狠狠地用脚踩紧。就这样，没过多久，驴子竟把自己升到了井口。于是它纵身跳了出来，快步跑开了。在场的每一个人都惊诧不已。

✤哲理感知✤

其实，生活也是如此：各种各样的困难和挫折，会如尘土一般落到我们的头上，要想从这苦难的枯井里脱身逃出来，走向人生的成功与辉煌，办法只有一个，那就是将它们统统都抖落在地，重重地踩在脚下。因为，生活中我们遇到的每一个困难，每一次失败，其实都是人生历程中的一块垫脚石。只要我们锲而不舍地将它们抖落掉，然后站上去，那么即使是掉落到最深的井，我们也能安然地爬上来。

人与狗的哲理

一天，当一个盲人带着他的导盲犬过街时，一辆大卡车失去控制，直冲过来，盲人当场被撞死，他的导盲犬为了守卫主人，也一起惨死在车轮底下。

主人和他的狗一起到了天堂门前。一个天使拦住他俩，为难地说："对不起，现在天堂只剩下一个名额，你们两个中必须有一个去地狱。"

主人一听，连忙问："我的狗又不知道什么是天堂，什么是地狱，能不能让我来决定谁去天堂呢？"

天使鄙视地看了这个主人一眼，皱起了眉头，说："很抱歉，先生，每一个灵魂都是平等的，你们要通过比赛决定由谁上天堂。"

主人失望地问："哦，什么比赛呢？"

天使说："这个比赛很简单，就是赛跑，从这里跑到天堂的大门，谁先到达目的地，谁就可以上天堂。不过，你也别担心，因为你已经死了，所以不再是瞎子，而且灵魂的速度跟肉体无关，越单纯善良的人速度越快。"主人想了想，同意了。

天使让主人和狗准备好，就宣布赛跑开始。天使满心以为主人为了进天堂，会拼命往前奔，谁知道主人一点也不忙，慢吞吞地往前走着。更令天使吃惊的是，那条导盲犬也没有奔跑，它配合着主人的步调在旁边慢慢跟着，一步都不肯离开主人。天使恍然大悟：原来，多年来这条导盲犬已经养成了习惯，永远跟着主人行动，在主人的前方守护着他。可恶的主人，正是利用了这一点，才胸有成竹，稳操胜券，他只要在天堂门口叫他的狗停下，就能轻轻松松赢得比赛。

天使看着这条忠心耿耿的狗，心里很难过，于是便大声对狗说："你已经为主人献出了生命，现在，你这个主人不再是瞎子，你也不用领着他走路了，你快跑进天堂吧！"

可是，无论是主人还是他的狗，都像是没有听到天使的话一样，仍然慢吞吞地地往前走，好像在街上散步似的。

果然，离终点还有几步的时候，主人发出一声口令，狗听话地坐下了，天使用鄙视的眼神看着主人。

这时，主人笑了，他扭过头对天使说："我终于把我的狗送到天堂了，我最担心的就是它根本不想上天堂，只想跟我在一起，所以我才想到这样帮它决定，请你照顾好它吧！"

天使愣住了。

主人留恋地看着自己的狗,又说:"能够用比赛的方式决定真是太好了,只要我再让它往前走几步,它就可以上天堂了。不过它陪伴了我那么多年,这是我第一次可以用自己的眼睛看着它,所以我忍不住想要慢慢地走,多看它一会儿。如果可以的话,我真希望永远看着它走下去。不过天堂到了,那才是它该去的地方,请你照顾好它。"

说完这些话，主人向狗发出了前进的命令，就在狗到达终点的一刹那，主人像一片羽毛似的落向地狱的方向。他的狗见了，急忙掉转头，追着主人狂奔。满心懊悔的天使张开翅膀追过去，想要抓住导盲犬，不过那是世界上最纯洁善良的灵魂，速度远比天堂所有的天使都快。所以导盲犬又跟主人在一起了，即使是在地狱，导盲犬也永远守护着它的主人。

天使久久地站在那里，喃喃说道："我一开始就错了，这两个灵魂是一体的，他们不能分开……"

❀哲理感知❀

　　这个世界上，真相只有一个，可是在不同人眼中，却会看出不同的是非曲直。我们的判断力就像树上的树叶，没有两片是完全一样，但每个人都相信他自己的，这是为什么呢？其实，道理很简单，因为每个人看待事物，都不可能站在绝对客观公正的立场上，而是或多或少地戴上有色眼镜，用自己的经验、好恶和道德标准来进行评判，结果就是——我们看到了假象。

鹦鹉

一个人去买鹦鹉,看到一只鹦鹉的前面标着:此鹦鹉会两门语言,售价二百元。另一只鹦鹉前则标着:此鹦鹉会四门语言,售价四百元。该买哪只呢?两只鹦鹉都毛色光鲜,非常灵活可爱。这人转啊转,拿不定主意。结果突然发现一只老掉了牙的鹦鹉,毛色暗淡散乱,却标价八百元。这人赶紧将老板叫来问到:"这只鹦鹉是不是会说八门语言?"店主说:"不是的"。这人就奇怪了,问到:"那为什么又老又丑,又没有能力,会值这个数呢?"店主回答说:"因为另外两只鹦鹉叫这只鹦鹉老板。"

※哲理感知※

真正的领导人,不一定自己能力有多强,只要懂信任就能团结比自己更强的力量,从而提升自己的身价。相反许多能力非常强的人却因为过于追求完美,事必躬亲,认为什么人都不如自己,最终成不了优秀的领导人。

修身励志的160个哲理故事

新来的博士

有一个博士被分配到一家研究所任职,成为这家研究所学历最高的一个人。

有一天,他到单位后面的小池塘去钓鱼,恰好正副所长在他的一左一右,他们也在钓鱼。

他只是微微向他们点了点头,心想:这两个是本科生,和他们有什么好聊的呢?

不一会儿,正所长放下钓竿,伸伸懒腰,蹭蹭蹭从水面上如飞地走到对面上去厕所。

博士眼睛睁得都快掉下来了。水上漂？不会吧？这可是一个池塘啊。

正所长上完厕所，同样也是蹭蹭蹭地从水上漂回来了。

怎么回事？博士生心存疑问又不好去问，因为自己是博士生啊！

又过了一会儿，副所长也站起来，走几步，蹭蹭蹭地飘过水面上厕所。这下子博士更是差点昏倒了：不会吧，难道他们都会轻功？

此时博士生也内急了。这个池塘两边有围墙，要到对面厕所非得绕十分钟的路，而回单位又太远，怎么办？

博士生不愿意去问两位所长，憋了半天后，也起身往水里跨，心想：我就不信本科生能过的水面，我博士生不能过。

只听"咚"的一声，博士生掉到了水里。

两位所长将他拉了出来，问他为什么要下水，他这才问他们："为什么你们可以走过去呢？"

两所长相视一笑，说："这池塘里有两排木桩子，由于这两天下雨，池塘涨水他们正好在水面下。我们都知道这木桩的位置，所以可以踩着桩子过去。你怎么不问一声呢？"

❀哲理感知❀

我们的知识无不以经验为基础，也就是说，知识全都是由经验而来的，尊重经验的人，才能少走弯路。

落入坑洞的猎人

有一群人到山上去打猎，其中一个猎人不小心掉进一个很深的坑洞里，他的右手和双脚都摔断了，只剩一只健全的左手。坑洞非常深，又很陡峭，地面上的人束手无策，只能徒劳地喊叫。

幸好，坑洞的壁上长了一些草，那个猎人就用左手撑住洞壁，以嘴巴咬着草，慢慢地往上攀爬。地面上的人看不清洞里的情况，只能大声为他加油。

等到人们看清他身处险境，嘴巴咬着小草在攀爬时，就忍不住议论起来：

"哎呀！像他这样一定爬不上来！"

"情况真糟，他的手脚都断了呢！"

"对呀！那些小草根本不可能撑住他的身体。"

"真可惜！他如果摔下去死了，留下庞大的家产就无缘享用了。"

"他的老母亲和妻子以后可怎么办才好！"

落入坑洞的猎人实在忍无可忍了，他张开嘴大叫："你们都给我闭嘴！"就在大叫的刹那，他再度落入坑洞，当他摔到洞底即将死去之前，他听到洞口的人异口同声地说："我就说嘛！用嘴爬坑洞，是绝对不可能成功的！"

※哲理感知※

落入漆黑陡峭的坑洞，是非常不幸的事，更不幸的是，当我们在坑洞里的时候，别人不但没有伸手，反而事不关己的议论，我们一点也没得到慈爱与关怀。

只有在困境中给予对方慈爱与关怀，才可以救人；在困境中的议论与批评，只会使对方陷入更深的绝境。因此，在自己面对困境和难关时，不要在意别人的议论，要意志坚强，往上攀爬。而在别人受到挫折和危难时，我们也不要急着议论，要将心比心，学习别人在逆境中的勇气。

充满自信的樵夫

山里住着一位以砍柴为生的樵夫,在他不断的辛苦建造下,终于完成了一间可以遮风避雨的房子。

有一天,他挑着砍好的木柴到城里去交货,当他黄昏回家时,却发现他的房子失火了。左邻右舍得知后都前来帮忙救火,但是因为傍晚的风势过于强大,最终还是没有办法将火扑灭,一群人只能在一旁眼睁睁地看着炽烈的火焰吞噬了他的整栋木屋。

当大火终于被扑灭时,只见这位樵夫手里拿了一根棍子,冲进倒塌的屋里不断地翻找着。围观的邻人以为他正在翻找藏在屋里的珍贵宝物,所以也都好奇地在一旁注视着他的举动。过了半晌,樵夫终于兴奋地叫着:"我找到了!我找到了!"

邻人纷纷向前一探究竟,才发现樵夫手里捧着的是一片斧刀,根本不是什么值钱的宝物。当时只见樵夫兴奋地将木棍嵌进斧刀里,充满自信地说:"只要有这柄斧头,我就可以再建造一个比这间更坚固耐用的家了。"

※哲理感知※

希望和乐观,是生命的力量,它能使我们脱离痛苦而减轻重负,它是促进生命力的基础。假如我们遇到了不幸,如果抱着这两种心态,那么一切都将会迎刃而解的。

扫落叶的小和尚

有个小和尚,每天早上负责清扫寺院里的落叶。清晨起床扫落叶实在是一件苦差事,尤其在秋冬之际,每一次起风时,树叶总随风飞舞。每天早上都需要花费许多时间才能清扫完树叶,这让小和尚头痛不已。他一直想要找个好办法让自己轻松些。

后来有个和尚跟他说:"你在明天打扫之前先用力摇树,把落叶统统摇下来,后天就可以不用扫落叶了。"小和尚觉得这是个好办法,于是隔天他起了个大早,使劲地猛摇树,他想:这样他就可以把今天跟明天的落叶一次扫干净了。一整天小和尚都非常开心。

第二天,小和尚到院子里一看,他不禁傻眼了:院子里如同往日一样还是满地的落叶。

这时,老和尚走了过来,对小和尚说:"傻孩子,无论你今天怎么用力,明天的落叶还是会飘下来。"小和尚终于明白了,世上有很多事是无法提前的,唯有认真地活在当下,才是最真实的人生态度。

※哲理感知※

许多人都喜欢预先解决将来的烦恼,想要早一步解决掉将来的烦恼。明天如果有烦恼,今天仍是无法解决的,每一天都有每一天的人生功课要交,努力做好今天的功课再说吧!

一袋宝石

一大早,太阳还没有出来,一个渔夫就来到了河边。他感觉到有什么东西在他的脚下,低头一看,原来是一小袋的石头。于是他捡起袋子,将渔网放在一旁,坐在岸边等待日出,以便开始一天的工作。此时的他无聊地从袋子里拿出一块石头丢进了水里。由于没有其他事可做,于是他继续把石头一块一块地丢进水里。

慢慢地,太阳升起了,大地重现光明,这时袋子里其他的石头都丢光了,最后一块石头在他的手里。当他借着太阳的光看到了他手中所拿的东西时,他的心跳几乎都要停止了,那是一颗宝石!在黑暗中,他竟把整袋的宝石都丢光了!在不知不觉当中,他的损失有多少!他心中充满了懊悔,咒骂着他自己,伤心地哭得几乎失去理智。

他在无意间碰到的财富足够生活好几世,然而在不知不觉当中,在黑暗中,他又把它丢掉了。但是就某方面来讲,他还是幸运的——还有一颗宝石留下来,因为在他将那颗宝石丢掉之前,天已经亮了。

※哲理感知※

生命是一个大的宝库,如果我们没有好好利用它,只是白白地将它浪费掉,等到我们知道了生命的重要性时,我们已经将时光消磨殆尽。生活中的秘密、奥秘、快乐、解脱、慈悲、智慧……一切都丢尽了,而一个人的一生也就这样过去了。

浮生若茶

　　一个屡屡失意的年轻人慕名寻到一个老僧,沮丧地对他说:"像我这样的人,活着也是苟且,有什么用呢?"这个老僧听后什么也不说,只是吩咐小和尚:"施主远途而来,烧一壶温水送过来。"

　　片刻时间,小和尚送来了一壶温水,老僧抓了一把茶叶放进杯子里,然后用温水沏了,放在年轻人面前说:"施主,请用茶。"

　　年轻人呷了两口,摇摇头说:"这是什么茶?一点儿茶香也没有呀。"老僧笑笑说:"这是著名的铁观音茶啊,怎么会没有茶香?"

于是老僧又吩咐小和尚说:"再去烧一壶沸水送过来。"沸水送来后,老僧起身,又取一个杯子,撮了把茶叶放进去,稍稍朝杯子里注了些沸水。年轻人俯首去看,只见那些茶叶在杯子里上下沉浮,一丝细微的清香袅袅溢出来。

年轻人禁不住想品尝的欲望去端那杯子,老僧微微一笑说:"施主稍候。"说着便提起水壶朝杯子里又注了一缕沸水。年轻人再俯首看那杯子,见那些茶叶沉沉浮浮得更杂乱了,同时,一缕更醇更醉人的茶香在禅房里轻轻弥漫。老僧就这样地注了五次水,那一杯茶水沁得满屋生香。

老僧笑着问:"施主可知同是铁观音,却为什么茶味迥异吗?"年轻人思忖着说:"一杯只用温水冲沏,另一杯是用沸水冲沏。"

老僧笑笑说:"用水不同,则茶叶的沉浮就不同。用温水沏的茶,茶叶轻轻地浮在水之上,没有沉浮,怎么会散失它的清香呢?而用沸水冲沏的茶,冲沏了一次又一次,茶叶沉沉浮浮,就释出了它春雨的清幽,夏阳的炽烈,秋风的醇厚,冬霜的清冽。"

❀哲理感知❀

我们何尝不是一撮生命的清茶?而命运又何尝不是一壶温水或炽热的沸水呢?茶叶因为沸水才释放了深蕴的清香;而生命,也只有遭遇一次次的挫折和坎坷,才能留下我们一脉脉人生的幽香!

上帝给刺猬的礼物

刺猬本来是没有刺的。它体型小、个性怯懦，因此常常被其他动物攻击与欺负。

有一天，它向上帝哭诉说："上帝啊！你看犀牛有一身厚实的皮；狮子有一口尖锐的牙齿；兔子有双灵敏的耳朵；羚羊有敏捷的四肢……我什么都没有，你实在太不公平了！"

上帝听后，便用手在它身上一挥，它身上便长满了刺。只要有敌人接近，刺猬便弓起身子、竖起刺，就连森林之王都不敢靠近它一步，刺猬对于这巨大的转变很满意。

然而，虽然没有谁敢再欺负它，但是它因此也没有了朋友。孤独的刺猬又对上帝诉苦："都是你给我这一身的刺，害我连一个朋友也没有了。"

上帝苦笑地说："我的孩子，给你刺是叫你防御敌人用的；不是叫你成天竖起刺来对着每个朋友啊！"

❀哲理感知❀

我们在遭遇挫折时，往往先以自我的感受为衡量事情的标准，因此渐渐丧失与人快乐相处或沟通的本能；甚至因为过度维护自己，而离人群及善良的本性越来越远。

天堂之门

有个农夫和他的马与狗一起赶路。忽然间,一道闪电打了下来,把他们都劈死了。然而,就跟很多新的魂魄一样,他们并不知道自己死了,仍旧继续赶路。

路越走越长,毒辣的太阳照得他们满身汗,就在口渴难当的时候,农夫看到一座漂亮的大门通往金光闪闪的广场,广场中央有个清澈的喷泉。他赶紧迎向前去,向守门人打招呼:"这是什么地方,怎么这么漂亮?"

"天堂。"守门人亲切地说。

"太好了!我们口很渴,可以进去喝水吗?"

"你可以,但是马和狗不行。这里不许动物进去。"

"哦，那就算了。"

农夫不忍心留下他的马和狗，只好继续带着动物朋友找水喝。走了好久，他们又找到一个有水的地方。门口也有个守门人。

"你好，我和我的马和狗很渴，可以在这里喝水吗？"

"随便你。"守门人说。

农夫终于不渴了，当马和狗喝够了水之后，他向守门人再三道谢，又问道："请问这是哪里？"

守门人说："这里是天堂。"

农夫很疑惑："不会吧，刚刚我到的那一座漂亮大门，有个守门的人也说那里是天堂。"

"那是地狱！"守门人说。

"天哪，你们应该禁止他们混淆视听才是，不然别人会搞错的。"

"不会的，"守门人说，"我们还要感谢他们帮忙呢，因为他们把那些抛弃自己朋友的人都留在那里了。"

※哲理感知※

人的生活，离不开友谊，但要获得真正的友谊并不容易。它需要用真诚去播种，如果一个人失去了朋友间的友谊，那么他无异于生活在地狱一般。

九头牛的故事

在很久以前的一个部落,有一个传统,年青人想结婚,先要学会捕捉牛的技术,捉了足够的牛,作为聘礼,送给女家,才可以成家立室。最少的聘礼是一头牛,最多是九头牛。

这个部落酋长有两个女儿。有一天,一个年轻人走到酋长的前面,说爱上了他的大女儿,愿意以九头牛作为聘礼迎娶她。酋长听了之后,大吃一惊,忙说:"九头牛的价值太高了,大女儿不值,不如改娶小女儿吧,小女儿值九头牛。"可是这位年轻人坚持要娶酋长的大女儿,酋长终于答应了他,这件事轰动了整个部落。

过了一年多,有一天酋长经过这位年轻人的家,看见他家正举行晚会,一大群人围着圆圈,正欣赏着一位美丽的女郎载歌载舞。酋长十分奇怪,去问那位年轻人,这个女郎是什么人?怎么酋长会不认识呢。年轻人回答说:"她就是你的大女儿啊!"

原来年轻人以"九头牛"的价值对待他迎娶回来的妻子,同时酋长的大女儿也确信自己的价值是最高的"九头牛"的时候,她从内到处也就发生了脱胎换骨的变化。

❀哲理感知❀

我们不妨问一问自己值几头牛?一头、五头、还是九头牛?有没有以"九头牛"的价值的心情,去看待和欣赏自己身边的朋友和亲人。

生命的养料

一个小男孩几乎认为自己是世界上最不幸的孩子，因为他患脊髓灰质炎而留下了瘸腿和参差不齐且突出的牙齿。于是他很少与同学们游戏和玩耍，老师叫他回答问题时，他也总是低着头一言不发。

在一个平常的春天，小男孩的父亲从邻居家讨了些树苗，想把它们栽在房前。他叫他的孩子们每人栽一棵。父亲对孩子们说，谁栽的树苗长得最好，就给谁买一件最喜欢的礼物。小男孩也想得到父亲的礼物，但看到兄妹那蹦蹦跳跳提水浇树的身影，不知怎么的，内心萌生出一种阴冷的想法：希望自己栽的那棵树早日死去。因此浇过一两次水后，再也没去管它。

几天后，小男孩再去看他种的那棵树时，惊奇地发现它不仅没有枯萎，而且还长出了几片新叶子，与兄妹们种的树相比，显得更嫩绿，更有生气。后来父亲兑现了他的诺言，为小男孩买了一件他最喜爱的礼物，并对他说，从他栽的树来看，他长大后一定能成为一个出色的植物学家。

从那以后，小男孩慢慢地变得乐观向上起来。

一天晚上，小男孩躺在床上睡不着，看着窗外那明亮皎洁的月光，忽然想起生物老师曾说过的话：植物一般都在晚上生长。何不去看看自己种的那棵小树？当他轻手轻脚来到院子里时，却看见父亲正用勺子在向自己栽种的那棵树下泼洒着什么。顿时，一切他都明白了，原来父亲一直在偷偷地为自己栽种的那棵小树施肥！他返回房间，任凭泪水滚热地流淌……

几十年过去了，那瘸腿的小男孩终于成了一个植物学家。

❋哲理感知❋

爱是生命中最好的养料，哪怕这只是一勺清水，它都能使生命之树茁壮成长。也许那树是那样的平凡，不显眼；也许那树是如此的瘦小，甚至还有点枯萎，但只要有这养料的浇灌，它就能长得树繁叶茂，甚至长成参天大树。

上升的气球

有一次,一个推销员在纽约街头推销气球。生意稍差时,他就会放掉一个气球。当球在空中飘浮时,就有一群新顾客聚拢过来,这时他的生意又会好一阵子。他每次放的气球都要变换颜色,起初是白的,然后是红的,接着是黄的。过了一会儿,一个黑人小男孩拉了一下他的衣袖,望着他,并问了一个有趣的问题:"先生,如果你放的是黑色气球,会不会上升?"气球推销员看了一眼这个小孩,以一种同情、智慧和理解的口吻说:"孩子,那是气球内所装的东西使它们上升的,和颜色没有关系。"

恭喜这个孩子!他碰到了一位肯给他的人生指引方向的推销员。

❀哲理感知❀

"是气球内所装的东西使它们上升"——同样,也是我们内在的升华使我们进步,成功的关键在于你自己,只有你自己才能决定你的命运。

一杯水有多重

一位讲师在讲解压力管理课程的课堂上拿起一杯水，然后对听众说："各位认为这杯水有多重？"下面的听众有的说20克，有的则说500克不等。

讲师听完后说道："这杯水的重量并不重要，重要的是你能拿多久？拿一分钟，各位一定觉得没问题；拿一个小时，可能觉得手酸；拿一天，可能得叫救护车了。其实这杯水的重量是一样的，但是你若拿越久，就觉得越沉重。这就像我们承担着压力一样，如果我们一直把压力放在身上，不管时间长短，到最后我们就会觉得压力越来越沉重而无法承担。我们必须做的是，放下这杯水休息一下后再拿起这杯水，如此我们才能够拿得更久。所以，各位应该将承担的压力于一段时间后适时地放下并好好地休息一下，然后再重新拿起来，这样才能承担的时间长一些。"

※哲理感知※

在现实生活中，我们难免背负着各种的压力，所以我们要学会暂时放下压力，轻松一会儿，那样，我们就不会觉得压力的沉重了。

信徒和佛祖

南山上有一座神庙，庙里供奉着一尊佛祖。传说这尊佛祖非常灵验，只要信徒心诚意正地许愿，佛祖都会大发慈悲，帮信徒圆他的梦。

有一个信徒听说了这件事，为了表现出他虔诚的心，在佛祖诞辰时，亲自背着鸡、猪、鱼三样牲礼，一步一步地爬上南山，准备在佛祖的生日时，向佛祖许愿。

他爬过了一山又一山，当汗流浃背时，他怕失了恭敬的心，说什么也不肯放下牲礼来稍作休息；当身疲力竭时，他怕误了佛祖生日的时辰，说什么也不肯慢下脚步，稍作停留。历尽千辛万苦，这个虔诚的信徒终于到了神庙。

他恭敬地将牲礼摆上供桌，然后跪在地上，双手合十诚敬地向佛祖祷告说："灵验的佛祖啊！我已经考了十年功名，却都一直无法如愿。你的法力无边，请你看在我这么虔诚的份上，让我今年金榜题名吧！"

信徒虔诚的祷告完之后，收起牲礼准备打道回府。他才走出庙口，就看见一个乞丐伸手向他乞讨说："大方的施主呀！我已经饿了三天三夜了，请你可怜可怜我，给我一点祭拜的牲礼充充饥吧！"

信徒看乞丐脏兮兮的模样，露出嫌恶的表情挥挥手，说："走！走！瞧你又破又烂，别弄脏我的牲礼，我的牲礼还要带回家给妻子儿女吃呢，哪里有你的份！"

乞丐不断地向他磕头乞求，说："大方的施主呀！我就快饿死了，只要给我一点点牲礼就够了呀！请你救救我吧！"信徒怕乞丐来抢他的牲礼，赶紧扛起牲礼，头也不回地跑下山去。乞丐饿得全身无力，裹着身上仅有的破毛毯，缩着身子蹲在庙旁。

夜，渐渐深了，天气也越来越冷了，乞丐用破毛毯把自己直打哆嗦的身体紧紧裹住。这时不知从哪里突然冒出一只全身都是脓疮的癞痢狗，一瘸一瘸地跑到乞丐身边，叼着毛毯一角，盖住满是脓疮的身子，紧紧偎在乞丐身旁取暖。小狗身上的脓疮破了，脓液弄脏了乞丐的毛毯，把毛毯弄的又臭又黏。

乞丐生气地踹了小狗一下，说："滚！滚！瞧你满身又脓又疮，别弄脏了我的毛毯，这里可没有你窝身的地方。"

小狗挨不起痛，泪眼汪汪的慢慢跑开，当天晚上就冻死在神庙的大门边。

第二天，乞丐虽然有毛毯裹身没有冻死，但却因为缺少食物而饿死了。

半年后，虔诚的信徒进京赴考又落榜了。他气冲冲地跑上南山，向佛祖抱怨说："人们都说你的法力无边，根本就是骗人的，如果你真的灵验，为什么连一个简单的考试都没有办法帮我，还让我名落孙山？"

佛祖拿出榜单，问信徒："为什么我要帮你？"

信徒回答："我虔诚地扛着牲礼上山，为了赶在你的诞辰之前来到庙里，一刻也不敢休息，光是这份诚意，你就应该帮我。"

佛祖于是叫乞丐的灵魂出来，乞丐的灵魂向信徒大声哀号，说：

"我只请你给我一点牲礼，让我填饱肚子，你都不肯，连这一点施舍之心都没有，佛祖为什么要帮助你？不过佛祖呀，你也真是残忍，宁可眼睁睁地看我饿死，也不肯赐一点东西给我吃，难道你没有一点怜悯之心吗？"

佛祖又叫小狗的灵魂出来，小狗的灵魂向乞丐大声吠叫，说："我只求你让我窝在毛毯旁，给我一点毛毯的温暖，这对你来说根本没有任何损失，你都不肯，信徒为什么要施舍你？佛祖又为什么要怜悯你？"

最后，佛祖指着信徒和乞丐说："让你们金榜题名和丰衣足食，对我来说都是举手之劳。但是，你们连自己能力所及，可以轻易帮助别人的，都不肯付出，你们又有什么地方值得我动这举手之劳呢？"

佛祖说完，顺手把信徒的榜单抛进深谷中，信徒从此再也与功名无缘。

❀哲理感知❀

　　我们应该明白：在人生之中帮助了他人就是帮自己。

修身励志的160个哲理故事

说话前的三个筛子

有一次，苏格拉底的一位门生匆匆忙忙地跑来找苏格拉底，边喘气边兴奋地说："告诉你一件事你绝对想象不到的……"

"等一下！"苏格拉底毫不留情地制止他，"你告诉我的话，用三个筛子过滤过了吗？"

他的学生察觉情况不妙，不解地摇了摇头。

苏格拉底继续说:"当你要告诉别人一件事时,至少应该用三个筛子过滤一遍!第一个筛子叫做'真实',你要告诉我的事是真实的吗?"

"我是从街上听来的,大家都这么说,我也不知道是不是真的。"

"那就应该用你的第二个筛子去检查,如果不是真的,至少也应该是善意的,你要告诉我的事是善意的吗?"

"不,正好相反。"他的学生羞愧地低下头来。

苏格拉底不厌烦地继续说:"那么我们再用第三个筛子检查看看,你这么急着要告诉我的事,是重要的吗?"

"并不是很重要……"

苏格拉底打断了他的话:"既然这个消息并不重要,又不是出自善意,更不知道它是真是假,你又何必说呢?说了也只会造成我们两个人的困扰罢了。"

❋哲理感知❋

流言比剑可怕,它可以伤害一个人于无形。道听途说的人,等于是把自己的快乐加在别人的痛苦之上。说话反映一个人的智能,谨言慎行,言之有物是说话智能的最高准则,会让你一生都受用无穷。

一条鱼眼中的海

有一条鱼在很小的时候便被捕上了岸，渔人看它太小，而且很美丽，便把它放在一个鱼缸里养了起来。每天当它游来游去时，总会碰到鱼缸的内壁，心里便有一种不愉快的感觉。

后来鱼越长越大，在鱼缸里转身都困难了，渔人便给它换了更大的鱼缸，它又可以游来游去了。可是每次碰到鱼缸的内壁，它畅快的心情便会暗淡下来。它有些讨厌这种原地转圈的生活了，索性静静地悬浮在水中，不游也不动，甚至连食物也不怎么吃了。渔人看它很可怜，便把它放回了大海。

它在海中不停地游着，心中却一直快乐不起来。一天它遇见了另一条鱼，那条鱼问它："你看起来好像是闷闷不乐啊！"它叹了口气说："哎！这个鱼缸太大了，我怎么也游不到它的边！"

※哲理感知※

　　心就是一个人的翅膀，心有多大，世界就有多大。如果不能打碎心中的四壁，即使给你一片大海，你也找不到自由的感觉。

苹果的香味

学生向苏格拉底请教如何才能坚持真理。苏格拉底让大家坐下来。他拿着一个苹果,慢慢地从每个同学的座位旁边走过,一边走一边说:"请同学们集中精力,注意嗅空气中的气味。"

然后,他回到讲台上,把苹果举起来左右晃了晃,问:"有哪位同学闻到苹果的味了吗?"有一位学生举手站起来回答说:"我闻到了,是香味儿!"苏格拉底又问"还有哪位同学闻到了?"学生们你望望我,我看看

你，都不作声。苏格拉底再次举着苹果，慢慢地从每一个学生的座位旁边走过，边走边叮嘱："请同学们务必集中精力，仔细嗅一嗅空气中的气味。"

回到讲台上后，他又问："大家闻到苹果的气味了吗？"这次，绝大多数学生都举起了手。稍停，苏格拉底第三次走到学生中间，让每位学生都嗅一嗅苹果。回到讲台后，他再次提问："同学们，大家闻到苹果的味儿了吗？"他的话音刚落，除一位学生外，其他学生全部举起了手。那位没举手的学生左右看了看，也慌忙地举起了手。他的神态引起了一阵笑声，苏格拉底也笑了："大家闻到了什么味儿？"学生们异口同声地回答："香味儿！"

苏格拉底脸上的笑容不见了，他举起苹果缓缓地说："非常遗憾，这是一枚假苹果，什么味儿也没有！"

※哲理感知※

现实生活中我们是否也常常人云亦云，失去自我判断的信心及能力呢？真理是永远不会改变的，然而在真伪难辨的视听环境中，还能清晰透彻地明白事理，不为表象所迷惑；不随俗世而浮沉，可谓真正的智者！

渔夫与富商

有一个美国商人坐在墨西哥海边一个小渔村的码头上,看着一个墨西哥渔夫划着一艘小船靠岸。小船上有好几尾大黄鳍鲔鱼,这个美国商人对墨西哥渔夫能抓这么高档的鱼恭维了一番,并问他要花多少时间才能抓这么多。

墨西哥渔夫回答说:"才一会儿工夫就抓到了。"美国人再问:"你为什么不待久一点儿,好多抓一些鱼呢?"

墨西哥渔夫觉得不以为然:"因为这些鱼已经足够我一家人生活所需了!"

美国人又问:"那么你一天剩下那么多时间都在干什么?"

墨西哥渔夫解释说:"我呀?我每天睡到自然醒,出海抓几条鱼,回来后跟孩子们玩一玩,再跟老婆睡个午觉,黄昏时晃到村子里喝点酒,跟朋友们玩玩吉他,我的日子可过得充实又忙碌呢!"

美国人不以为然,帮他出主意说:"我是美国哈佛大学企管硕士,我倒是可以帮你忙!你应该每天多花一些时间去抓鱼,到时候你就有钱去买条大一点的船。自然你就可以抓更多鱼,再买更多的渔船,然后你就可以拥有一个渔船队。到时候你就不必把鱼卖给鱼贩子,而是直接卖给加工厂。然后你可以自己开一家罐头工厂,这样你就可以控制整个生产、加工处理和行销。然后你可以离开这个小渔村,搬到墨西哥城,再搬到洛杉矶,最后到纽约,在那里经营你不断扩充的企业。"

墨西哥渔夫问:"这需要花多长时间呢?"

美国人回答说:"十五到二十年。"

"然后呢?"

美国人大笑着说:"然后你就可以在家享福了!时机一到,你就可以宣布股票上市,把你的公司股份卖给投资大众。到时候你就发啦!你可以几亿几亿地赚!"

"然后呢?"

美国人说:"到那个时候你就可以退休啦!你可以搬到海边的小渔村去住。每天睡到自然醒,出海随便抓几条鱼,跟孩子们玩一玩,再跟老婆睡个午觉,黄昏时,晃到村子里喝点酒,跟朋友们玩玩吉他!"

墨西哥渔夫疑惑地问:"我现在不就是这样了吗?"

❋哲理感知❋

　　人的欲望往往在无限扩展而却不自知,真正悲哀的是:你必将被这无限扩展的欲望搞得苦不堪言。所以知足常乐也未尝不是一个明智的选择。

两只老鹰

有两只老鹰同住在一个峭壁上面,然而其中一只总是飞得比另一只高,比另一只好。那只飞得比较差的老鹰很不服气!常在心中说:"哼!能飞得高有什么了不起?气死我了!"

一天，那只飞得较高的老鹰又再度自由地翱翔于天空，那只飞得较差的老鹰看得又气又嫉！突然间，魔鬼出现了！他悄悄地走到那只飞得较差的老鹰身边，在它耳边轻轻地说："上面那家伙很讨厌吧！咱们用箭把它给射下来，如何？"

那只飞得较差的老鹰听了先是一愣，后来只见魔鬼真拿出一副弓箭，说："你借我三根羽毛当做箭尾，我来射它！"

那只飞得较差的老鹰忍不住了，拔下三根羽毛递给了魔鬼。魔鬼向天空漫不经心地射了出去，自然没射中，又再对那只飞得较差的老鹰说："再给我三根羽毛，我再射一次！"

此时这只老鹰的心早已被嫉恨给占满，早已失去了理智，它毫不考虑地再拔了三根羽毛给魔鬼，魔鬼接连几十箭都没射中。

那只飞得较差的老鹰终于发火了，对魔鬼大吼道："你搞什么鬼?！都没射中！"

这时魔鬼露出了真面目，伸手便要去抓它，它吓了一大跳，马上准备挥动翅膀逃走，可这时它才发现，它的羽毛已几乎被拔光，再也飞不起来了。

于是，这只可怜的老鹰就这么成了魔鬼的俘虏。

※哲理感知※

　　嫉妒，就像这则寓言故事中的魔鬼，它会在不知不觉中剥夺我们的理智、快乐最后还会掳去了我们的整个心灵。千万不要让嫉妒一点一滴地剥夺了我们的理智，影响了我们的举止，甚至在不知不觉间俘虏了我们的生命。

另一种地狱

有一个人死后,在去阎罗殿的路上,看见一座金碧辉煌的宫殿。宫殿的主人请求他留下来居住。

这个人说:"我在人世间辛辛苦苦地忙碌了一辈子,我现在只想吃,只想睡,我讨厌工作。"

宫殿主人答道:"若是这样,那么世界上再也没有比我这里更适合你居住的了。我这里有山珍海味,你想吃什么就吃什么,不会有人来阻止你;我这里有舒服的床铺,你想睡多久就睡多久,不会有人来打扰你;而且,我保证没有任何事情需要你做。"于是,这个人就住了下来。

开始的一段日子,这个人吃了睡,睡了吃,感到非常快乐。渐渐地,他觉得有点寂寞和空虚,于是他就去见宫殿主人。抱怨道:"这种每天吃吃睡睡的日子过久了也没有意思。我现在已是脑满肠肥,对这种生活已经提不起一点兴趣了。你能否为我找一份工作?"

宫殿的主人答道:"对不起,我们这里从来就不曾有过工作。"

又过了几个月,这个人实在忍不住了,又去见宫殿的主人说"这种日子我实在受不了。如果你不给我工作,我宁愿去下地狱,也不要再住在这里了。"

宫殿的主人轻蔑地笑了,说:"你以为这里是天堂吗?这里本来就是地狱啊!"

※哲理感知※

安逸的生活原本也是一种地狱,它能渐渐地毁灭你的理想,腐蚀你的心灵,甚至可以让你变成一具行尸走肉。无所事事也是一种空虚的痛苦,日理万机有时也是一种充实的幸福;别忘了"生于忧患,死于安乐"。

小河流的旅程

有一条河流从遥远的高山上流下来，经过了很多个村庄与森林，最后来到了一个沙漠。它想：我已经越过了重重的障碍，这次应该也可以越过这个沙漠了吧！当它决定越过这个沙漠的时候，它发现它的河水渐渐消失在泥沙当中。它试了一次又一次，总是徒劳无功，于是它灰心了"也许这就是我的命运了，我永远也到不了传说中那个浩瀚的大海。"它颓丧地自言自语道。

"如果微风可以跨越沙漠，那么河流也可以。"原来这是沙漠发出的声音。小河流很不服气地回答说："那是因为微风可以飞过沙漠，可是我却不行。"

"因为你坚持你原来的样子,所以你将永远无法跨越这个沙漠。除非你愿意放弃现在的样子,让自己蒸发到微风中去。"小河流从来不知道有这样的事情,"放弃我现在的样子,不!不!"小河流无法接受这样的概念,毕竟它从未有过这样的经验,叫它放弃自己现在的样子,那么不等于是自我毁灭了吗?

"我怎么知道这是真的?"小河流问道。

沙漠回答:"不管你是一条河流或是看不见的水蒸气,你内在的本质从来没有改变,你会坚持你是一条河流,因为你从来不知道自己内在的本质。"

于是小河流终于鼓起勇气,投入到微风那张开的双臂,消失在微风之中,让微风带着它,奔向它生命中的归宿。

※哲理感知※

　　我们的生命历程往往也像小河流一样,想要跨越生命中的障碍,达成某种程度的突破,往目标迈进,也需要有"放下自我"的智慧与勇气,迈向未知的领域。

羊羔的说服力

一个牧场主养了许多羊。他的邻居是个猎户，院子里养了一群凶猛的猎狗，这些猎狗经常跳过栅栏，袭击牧场里的小羊羔。牧场主几次请猎户把狗关好，但猎户却不以为然，口头上答应，可没过几天，他家的猎狗又跳进牧场横冲直撞，咬伤了好几只小羊。

忍无可忍的牧场主找镇上的法官评理。听了他的控诉，法官说："我可以处罚那个猎户，也可以发布法令让他把狗锁起来，但这样一来你就失去了一个朋友，而多了一个敌人。你是愿意和敌人作邻居呢？还是和朋友作邻居？"

"当然是和朋友作邻居。"牧场主说。

"那好，我给你出个主意，按我说的去做，不但可以保证你的羊群不再受骚扰，还会为你赢得一个友好的邻居。"法官如此这般交代一番。牧场主连连称是。

一回到家，牧场主就按法官说的挑选了三只最可爱的小羊羔，送给猎户的三个儿子。看到洁白温顺的小羊，孩子们如获至宝，每天放学都要在院子里和小羊羔玩耍嬉戏。因为怕猎狗伤害到儿子们的小羊，猎户做了个大铁笼，把狗结结实实地锁了起来。从此，牧场主的羊群再也没有受到骚扰。

为了答谢牧场主的好意，猎户开始送各种野味给他，牧场主也不时用羊肉和奶酪回赠猎户。渐渐地两人成了好朋友。

※哲理感知※

要说服一个人，最好的办法是为他着想，让他也能从中受益。

给你一根绳子

山里住着一家猎户。父亲是个老猎手，在山里闯荡了几十年，猎获野物无数，走山路如履平地，从未出过事。然而有一天，因下雨路滑，他不小心跌下了山崖。

两个儿子把父亲抬回了破旧的家。他已经快不行了，弥留之际，他指着墙上挂着的两根绳子，断断续续地对两个儿子说："给你们两个，一人一根……"他还没说出用意就咽了气。

掩埋了父亲后,兄弟二人继续靠打猎生活。然而,猎物越来越少,有时出去一整天连个野兔都打不回来,他们的日子艰难地维持着。一天,弟弟与哥哥商量说:"咱们干点别的吧!"哥哥不同意:"咱家祖祖辈辈都是打猎的,还是本本分分地干老本行吧。"

弟弟没听哥哥的话,拿上父亲给他的那根绳子走了。他先是砍柴,用绳子捆起来背到山外换几个钱。后来他发现,山里有一种漫山遍野的野花很受山外人喜欢,且卖得价钱很高。从此后,他不再砍柴,而是每天背一捆野花到山外卖。几年下来,他盖起了自己的新房子。

哥哥依旧住在那间破旧的老屋里,还是干着打猎的营生。由于常常打不到猎物,生活越来越拮据,他整天愁眉苦脸,唉声叹气。一天,弟弟来看哥哥,发现他已经用父亲留给他的那根绳子吊死在房梁上了。

※哲理感知※

人生就像一场扑克牌游戏,发给你的牌大致都差不多,怎么去玩是需要你自己去选择的。

神父的信念

在某个小村落里,一天下了一场非常大的雨,洪水开始淹没全村。一位神父在教堂里祈祷,眼看洪水已经淹到他跪着的膝盖了,一个救生员驾着舢板来到教堂,对神父说:"神父,赶快上来吧,不然洪水会把你淹死的!"神父说:"不!我深信上帝会来救我的,你先去救别人好了。"

过了不久,洪水已经淹过神父的胸口了,神父只好勉强站在祭坛上。这时,又有一个警察开着快艇过来,对神父说:"神父,快上来,不然你

真的会被淹死的！"神父说："不，我要守住我的教堂，我相信上帝一定会来救我的。你还是先去救别人好了。"

又过了一会儿，洪水已经把整个教堂淹没了，神父只好紧紧抓住教堂顶端的十字架。这时一架直升机缓缓地飞了过来，飞行员丢下了绳梯之后大叫："神父，快上来，这是你最后的机会了，我们可不愿意见到你被洪水淹死！"神父还是意志坚定地说："不，我要守住我的教堂！上帝一定会来救我的。你还是先去救别人好了，上帝会与我共在的！"

洪水滚滚而来，固执的神父终于被淹死了。神父上了天堂，见到上帝后很生气的质问："主啊，我终生奉献自己，战战兢兢的侍奉您，为什么您却不肯救我？"上帝说："我怎么不肯救你？第一次，我派了舢板来救你，你不要，我以为你担心舢板危险；第二次，我又派一只快艇去，你还是不要；第三次，我以国宾的礼仪待你，再派一架直升机来救你，结果你还是不愿意接受。所以，我以为你急着想要回到我的身边来，可以好好地陪我了。"

※哲理感知※

其实，生命中太多的障碍，皆是由于过度的固执与愚昧的无知所造成。在别人伸出援手之际，别忘了，唯有我们自己也愿意伸出手来，别人才能帮得上忙的。

幸福的含义

有一个人,他生前善良并且热心助人,所以在他死后,升上天堂,做了天使。他当了天使后,仍时常到凡间帮助人,希望感受到幸福的味道。

一日,他遇见一个农夫,农夫的样子非常苦恼,他向天使诉说:"我家的水牛刚死了,没它帮忙犁田,我怎能下田种地呢?"

于是天使送给他一只健壮的水牛,农夫很高兴,天使在他身上感受到了幸福的味道。

又一日,天使遇见一个男人,那个男人的样子非常沮丧,他向天使诉说:"我的钱都被骗了,没盘缠回家乡了。"

于是天使给了他银两做路费,男人很高兴,天使在他身上也感受到幸福的味道。

又一日,天使遇见了一个诗人,这个诗人年青、英俊,有才华并且很富有,妻子貌美而温柔,但他却过得不快活。

于是天使问他:"你不快乐吗?我能帮你吗?"

诗人对天使说:"我什么都有,只欠一样东西,你能够给我吗?"

天使回答说:"可以,你要什么我都可以给你。"

诗人直直地望着天使说:"我要的是幸福。"

这下子把天使难倒了,天使想了想,说:"我明白了。"于是天使拿走诗人的才华，毁去了他的容貌，夺去了他的财产和他妻子的性命。天使做完这些事后，便离开了。

一个月后，天使再回到诗人的身边，这时的他已经饿得半死，衣衫褴褛地在躺在地上挣扎。于是，天使把他的一切又都还给了他。然后，又离去了。

半个月后，天使再去看看诗人。这次，诗人搂着妻子，不住向天使道谢，因为，他品尝到幸福的感觉了。

❋哲理感知❋

人很奇怪，每每要到失去，才懂得珍惜。其实，幸福早就放在你的面前。肚子饿坏的时候，有一碗热腾腾的面放在你眼前，这就是幸福；累得半死的时候，扑到软软的床上，这也是幸福；哭得要命的时候，旁边温柔地递来一张纸巾，更是幸福。幸福本没有绝对的定义，平常一些小事也往往能撼动你的心灵，幸福与否，只在乎你的心怎么看待。

得与失

一天晚上,一群游牧部落的牧民正准备安营扎寨休息的时候,忽然被一束耀眼的光芒所笼罩。他们知道神就要出现了,因此,都满怀殷切地期盼,恭候着来自上天的重要旨意。

神终于说话了:"你们要沿路多捡一些鹅卵石,把他们放在你们的马鞑子里。明天晚上,你们会非常快乐,但也会非常懊悔。"

说完,神就消失了。牧民们感到非常的失望,因为他们原本期盼神能够给他们带来无尽的财富和健康长寿,但没想到神却吩咐他们去做这件毫无意义的事。但是不管怎样,这毕竟是神的旨意,他们虽然有些不满,但是仍旧各自拣拾了一些鹅卵石,放在他们的马鞑子里。

就这样,他们又走了一天。当夜幕降临,他们开始安营扎寨时,忽然发现他们昨天放进马鞑子里的每一颗鹅卵石竟然都变成了钻石。

他们高兴极了,同时也懊悔极了,后悔没有拣拾更多的鹅卵石。

※哲理感知※

　　其实,在我们的日常生活、工作、学习中又何尝不是这样呢?有许多眼前看似鹅卵石一样的东西被我们如弃敝屣般地丢弃了,然而,忽然有一天,当我们需要它的时候,它就变成了钻石,而我们却不得不为以前丢弃它而懊悔不迭。

保罗与小男孩

这一年的圣诞节，保罗的哥哥送给他一辆新车作为圣诞节礼物。圣诞节的前一天，保罗从他的办公室出来时，看到街上一名男孩在他闪亮的新车旁走来走去，触摸它，满脸羡慕的神情。

保罗饶有兴趣地看着这个小男孩，从他的衣着来看，他的家庭显然不属于自己这个阶层，就在这时，小男孩抬起头，问道："先生，这是你的车吗？"

"是啊，"保罗说，"是我哥哥给我的圣诞节礼物。"

小男孩睁大了眼睛："你是说，这是你哥哥给你的，而你不用花一角钱？"

保罗点点头。小男孩说："哇！我希望……"

保罗以为小男孩希望也有一个这样的哥哥。但小男孩说出口的却是："我希望自己也能当这样的哥哥。"

保罗深受感动地看着这个男孩，然后他问："要不要坐我的新车去兜风？"

小男孩惊喜万分地答应了。

逛了一会儿之后，小男孩转身向保罗说："先生，能不能麻烦你把车开到我家前面？"

保罗微微一笑，他理解小男孩的想法，坐一辆大而漂亮的车子回家，在小朋友的面前是很神气的事。但他又想错了。

"麻烦你停在两个台阶那里,等我一下好吗?"

小男孩跳下车,三步两步跑上台阶,进入屋内,不一会儿他出来了,并带着一个显然是他弟弟的小男孩,他因患小儿麻痹症而跛着一只脚。他把弟弟安置在下边的台阶上,紧靠着台阶坐下,然后指着保罗的车子说:"看见了吗,就像我在楼上跟你说的一样,很漂亮,对不对?这是他哥哥送给他的圣诞礼物,他不用花一角钱!将来有一天我也要送给你一部和这一样的车子,这样你就可以看到我一直跟你讲的橱窗里那些好看的圣诞礼物了。"

保罗的眼睛湿润了,他走下车子,将小弟弟抱到车子前排的座位上,他的哥哥眼睛里闪着喜悦的光芒,也爬了上来。于是三人开始了一次令人难忘的假日之旅。

❀哲理感知❀

往往有的时候,给予别人比接受别人的馈赠令人更快乐。

人生只有一个半朋友

从前有一个很仗义、广交天下豪杰的武夫。他临终前对他的儿子说："别看我自小在江湖闯荡，结交的人如过江之鲫，其实我这一生只交了一个半朋友。"

儿子纳闷不已。他的父亲就贴近他的耳朵交代一番，然后对他说："你按我说的去见我的这一个半朋友，朋友的含义你自然就会懂得的。"

儿子先去了父亲认定的"一个朋友"那里。对他说："我是某某的儿子，现在正被朝廷追杀，情急之下投身你处，希望您能予以搭救！"这人一听，容不得思索，赶忙叫来自己的儿子，喝令儿子速速将衣服换下，穿在这个并不相识的"朝廷要犯"身上，而让自己的儿子穿上"朝廷要犯"的衣服。

儿子明白了：在你生死攸关的时候，那个能与你肝胆相照，甚至不惜割舍自己的亲生骨肉来搭救你的人，可以称作你的一个朋友。

儿子又去了他父亲说的"半个朋友"那里，抱拳相求，把同样的话也说了一遍。这"半个朋友"听了，对眼前这个求救的"朝廷要犯"说："孩子，这等大事我可救不了你，给你足够的盘缠，你远走高飞快快逃命去吧，我保证不会告发你……"

儿子明白了：在你患难时刻，那个能够明哲保身、不落井下石加害你的人，可称作你的半个朋友。

❀哲理感知❀

你可以广交朋友，也不妨对朋友用心善待，但绝不可以苛求朋友给你同样的回报。善待朋友是一件纯粹的快乐的事，其意义也常在此。如果苛求回报，快乐就大打折扣，而且失望也同时隐伏。毕竟你待他人好和他人待你好是两码事，就像给予和被给予是两码事一样。因为人生只有一个半朋友。

最棒的玉米

一个老婆婆在屋子后面种了一大片玉米。一个颗粒饱满的玉米说道："收获那天，老婆婆肯定先摘我，因为我是今年长得最好的玉米！"可是收获的那天，老婆婆并没有把它摘走。

"明天，明天她一定会把我摘走的。"很棒的玉米自我安慰着。

第二天，老婆婆又收走了其他玉米，可唯独没有摘这个玉米。

"明天，老婆婆一定会把我摘走！"很棒的玉米仍然自我安慰着……可老婆婆依然没有来。

就这样，一天又一天，玉米绝望了，原来饱满的颗粒变得干瘪坚硬，整个身体像要炸裂一般，它已经准备和玉米秆一起烂在地里了。

可就在这时，老婆婆来了。她一边摘下它，一边说："这可是今年最好的玉米，用它做种子，明年肯定能种出更棒的玉米来。"

❄ 哲 理 感 知 ❄

也许你一直都很相信自己，但当遇到失败的时候，你是否有耐心在绝望的时候再等一等下一个机会！

两只老虎

有两只老虎，一只在笼子里，一只在野地里。在笼子里的老虎三餐无忧，在外面的老虎自由自在。两只老虎经常进行亲切的交谈。

笼子里的老虎总是羡慕外面老虎的自由，外面的老虎却羡慕笼子里老虎的安逸。一日，一只老虎对另一只老虎说："咱们换一换吧。"另一只老虎同意了。

于是，笼子里的老虎走进了大自然，野地里的老虎走进了笼子里。从笼子里走出来的老虎高高兴兴，在旷野里拼命地奔跑；走进笼子里的老虎也十分快乐，因为他再不用为食物而发愁了。

但过了不久，两只老虎都死了：一只是因饥饿而死，另一只因为是忧郁而死。因为从笼子中走出的老虎虽然获得了自由，却没有同时获得捕食的本领；走进笼子的老虎获得了安逸，却没有获得在狭小空间生活的心境。

※哲理感知※

许多时候，我们往往对自己的幸福熟视无睹，而觉得别人的幸福却很耀眼。我们应该想到，别人的幸福也许对自己不适合；更想不到，别人的幸福也许正是自己的坟墓。

拍卖会上的故事

在美国海关的一次拍卖会上，拍卖的是一批刚刚截获的走私自行车。

每次拍卖师叫价的时候，总有一个坐在前排的大约10岁左右的小男孩叫道："10元。"当然，他只能眼睁睁地看着别人用20元、30元的价格把一辆辆崭新漂亮的自行车拍走。

渐渐地，随着叫价次数增多，拍卖师就注意到了这个每次只叫价10美元的小男孩，中场休息时，拍卖师走到小男孩面前问他为什么只出10元钱。小男孩不好意思地说，他只有10元钱。

拍卖会继续进行，小男孩仍然每次只叫10元，仍然每次都看着别人把一辆辆亮晶晶的自行车推走了。终于到最后一辆自行车了，这是拍卖会上最好的一辆自行车，车的前排有两盏车灯，全自动的刹车和可多挡变速的车身在灯光下闪闪发光。

拍卖师开始叫价了，不过这回全场没有一人应价，现场静悄悄的。拍卖师叫第二遍了，还是没人应价，第三遍，那个小男孩这时也几乎绝望了，他看着那辆全场最好看的自行车最终还是小声地叫了出来："10元。"

全场的人都听到了，拍卖师把锤子重重地敲下去，大声地说道："如果没人再叫价的话，这辆多变速的自行车就属于这位身着短裤、T恤的年轻小伙子了。"

全场顿时响起了如雷的掌声……

❀哲理感知❀

有些事情往往看上去没有多大的希望，坚持下去也许就会得到善意的帮助。

人生的秘诀

三十年前，一个年轻人准备离开故乡，到外地去打拼。他动身的第一站，是去拜访本族的族长，请求指点。老族长正在练字，他听说本族有位后辈开始踏上人生的旅途，就写了三个字：不要怕。然后抬起头来，望着年轻人说："孩子，人生的秘诀只有六个字，今天先告诉你三个，供你半生的受用。"

三十年后，这个从前的年轻人已是人到中年，有了一些成就，也添了很多伤心事。归程漫漫，到了家乡，他又去拜访那位族长。他到了族长家里，才知道老人家几年前已经去世，家人取出一个密封的信封对他说："这是族长生前留给你的，他说有一天你会再来。"还乡的游子这才想起来，三十年前他在这里听到人生的一半秘诀，拆开信封，里面赫然又是三个大字：不要悔。

※哲理感知※

在人到中年以前不要怕，因为这个时候正是闯的年龄，中年以后也不要悔，因为此时后悔也已经晚了。

河边的苹果

一位老和尚,他身边聚拢着一帮虔诚的弟子。一天,他嘱咐弟子们每人去南山打一担柴回来。弟子们匆匆行至离山不远的河边,人人目瞪口呆。只见洪水从山上奔泻而下,无论如何也休想渡过河打柴了。无功而返,弟子们都有些垂头丧气,唯独一个小和尚与师傅坦然相对。师傅问其故,小和尚从怀中掏出一个苹果,递给师傅说:"过不了河,打不了柴,看见河边有棵苹果树,我就顺手把树上唯一的一个苹果摘来了。"后来,这位小和尚成了师傅的衣钵传人。

❀哲理感知❀

　　世上有走不完的路,也有过不了的河。过不了的河掉头而回,也是一种智慧。但真正的智慧还要在河边做一件事情:放飞思想的风筝,摘下一个"苹果"。历览古今,抱定这样一种生活信念的人,最终都实现了人生的超越。

遭遇逆境

一个女儿对父亲抱怨说事事都那么艰难,她不知该如何应对生活,想要自暴自弃了。因为一个问题刚解决,新的问题就又出现了,她已厌倦了抗争和奋斗。

她的父亲是位厨师,他把她带进厨房。他先往三只锅里倒入一些水,然后把它们放在旺火上烧。不久锅里的水烧开了,他往一只锅里放些胡萝卜,第二只锅里放只鸡蛋,最后一只锅里放入碾成粉末状的咖啡豆。他将它们浸入开水中去煮,一句话也没有说。

女儿咂咂嘴，不耐烦地等待着，心里纳闷父亲在做什么。大约20分钟后，父亲把火闭了，把胡萝卜捞出来放入一个碗内，把鸡蛋捞出来放入另一个碗内，然后又把咖啡舀到一个杯子里。做完这些后，他才转过身问女儿："亲爱的，你看见什么了？"

"胡萝卜、鸡蛋和咖啡"，她回答。

他让她靠近些并让她用手摸摸胡萝卜。她摸了摸，注意到它们变软了。父亲又让女儿拿鸡蛋并打破它。将壳剥掉后，他看到了是只煮熟的鸡蛋。最后，父亲让她喝了咖啡。品尝到香浓的咖啡，女儿笑了。她怯生生问道："父亲，这意味着什么？"

父亲解释说，这三样东西面临同样的逆境——煮沸的开水，但其反应各不相同。胡萝卜入锅之前是强壮、结实的，毫不示弱；但进入开水之后，它变软了，变弱了；鸡蛋原来是易碎的，它薄薄的外壳保护着它呈液体的内脏，但是经开水一煮，它的内脏变硬了；而粉状咖啡豆则很独特，进入沸水之后，它们却改变了水。

"哪个是你呢？"他问女儿，"当逆境找上门来时，你该如何反应？你是胡萝卜，是鸡蛋，还是咖啡豆？"

❀哲理感知❀

痛苦与欢乐，就像光明与黑暗，相互交替着，只有知道怎样使自己去适应它们，并能聪明地逢凶化吉的人，才能算真正懂得了生活的真谛。

谁是前世埋你的人

从前有个书生,和未婚妻约好在某一天结婚。到了那天,未婚妻却嫁给了别人,书生受此打击,一病不起。这时有一个游方僧人路过,他从怀里摸出一面镜子叫书生看。

书生看到的是一片茫茫大海,一名遇害的女子一丝不挂地躺在海滩上。一个人路过,看了一眼,摇摇头,走了;又路过一个人,将衣服脱下给女尸盖上,也走了,再路过一个人,过去挖个坑,小心翼翼把尸体掩埋了。

僧人向他解释道:"那具海滩上的女尸,就是你未婚妻的前世,你是第二个路过的人,曾给过她一件衣服,她今生和你相恋,只为还你一个情,但是她最终要报答一生一世的人,是最后那个把她掩埋的人,那人就是她现在的丈夫。"书生终于明白过来了,于是病也就好了。

※哲理感知※

世上的付出与回报在大多数情况下是成正比的。

狮子与大象

一天，狮子来到了天神面前说："我很感谢你赐给我如此雄壮威武的体格和如此强大无比的力气，让我有足够的能力统治整片森林。"

天神听了，微笑地问："但是这不是你今天来找我的目的吧！看起来你似乎为了什么事而困扰呢！"

狮子轻轻吼了一声，说："天神真是了解我啊！我今天来的确是有事相求。因为尽管我的能力再好，但是每天天亮的时候，我总是会被鸡叫声给吵醒。神啊！祈求您，不要让鸡在天亮时叫了！"

天神笑道："你去找大象吧，它会给你一个满意的答复的。"

狮子于是跑到湖边找到大象，看到大象正在气呼呼地直跺脚。

狮子问大象："你干吗发这么大的脾气？"

大象拼命地摇晃着大耳朵，吼着："有只讨厌的小蚊子，钻进我的耳朵里，我都快痒死了。"

狮子离开了大象，心里暗自想着：原来体型这么巨大的大象，还会怕那么小的蚊子，那我还有什么好抱怨呢？毕竟鸡鸣也不过一天一次，而蚊子却是无时无刻地骚扰着大象。这样想来，我可比它幸运多了。

狮子一边走，一边回头看着仍在跺脚的大象，心想：天神要我来看看大象的情况，应该就是想告诉我，谁都会遇上麻烦事，而神并无法帮助所有人。既然如此，那我只好靠自己了！反正以后只要鸡叫时，就当作鸡是在提醒我该起床了，如此一想，对我还算是有些益处。

❋哲理感知❋

一个障碍，就是一个新的已知条件，只要愿意，任何一个障碍，都会成为一个超越自我的契机。生活中，无论我们走得多么顺利，但只要稍微遇上一些不顺心的事，就会习惯性地抱怨上天亏待我们，进而祈求老天赐给我们更多的力量，帮助我们渡过难关。但实际上，上天是最公平的，每个困境都有其存在的正面价值。

成功需要多少年

有个少年想成为少林寺最出色的弟子。他问大师："我要多少年才能那么出色？"

大师回答说："至少10年。"

少年说："10年时的间太长了。如果我付出双倍的努力，需要多长时间呢？"

大师回答说："20年。"

少年又问："如果我夜以继日地练习呢？"

大师回答说："30年。"

少年灰心了，他不解地问大师："为什么我每次说更加努力，你反而告诉我需要更长的时间呢？"

大师说："当你一只眼睛只顾盯着目标时，那么就只剩下一只眼睛去寻找道路了。"

❋哲理感知❋

如果只顾着朝着一个目标奔去，反而会减缓成功的步伐，甚至会距离成功的目标越来越远。

两群羊

上帝把两群羊放在草原上，一群在南，一群在北。上帝还给羊群找了两种天敌，一种是狮子，一种是狼。

上帝对羊群说："如果你们要狼，就给你们一只，任它随意咬你们，如果你们要狮子，就给你们两头，你们可以在两头狮子中任选一头，还可以随时更换。"南边那群羊想，狮子比狼凶猛得多，还是要狼吧。于是，它们就要了一只狼。北边那群羊想，狮子虽然比狼凶猛得多，但我们有选择权，还是要狮子吧。于是，它们就要了两头狮子。

那只狼进了南边的羊群后，就开始吃羊。狼身体小，食量也小，一只羊够它吃几天了，因此羊群几天才被追杀一次。北边那群羊挑选了一头狮子，另一头则留在上帝那里。这头狮子进入羊群后，也开始吃羊。狮子不但比狼凶猛，而且食量惊人，每天都要吃一只羊。这样羊群就天天都要被追杀，惊恐万状。于是羊群赶紧请上帝换了一头狮子。不料，上帝保管的那头狮子一直没有吃东西，正饥饿难耐，它扑进羊群，比前面那头狮子咬得更疯狂。羊群一天到晚只是逃命，连草都快吃不成了。

南边的羊群庆幸自己选对了天敌，又嘲笑北边的羊群没有眼光。北边的羊群非常后悔，便向上帝大倒苦水，要求更换天敌，改要一只狼。上帝说："天敌一旦确定，就不能更改了，必须世代相随,你们唯一的权利是在两头狮子中选择。"

北边的羊群只好把两头狮子不断更换。可两头狮子同样凶残,无论换哪一头,它们的处境都比南边的羊群悲惨得多。最后它们索性不换了,让一头狮子吃得膘肥体壮,另一头狮子则饿得精瘦。眼看那头瘦狮子快要饿死了,羊群才请上帝换一头狮子。

这头瘦狮子经过长久的饥饿后,慢慢悟出了一个道理:自己虽然凶猛异常,一百只羊都不是对手,可是自己的命运是操纵在羊群手里的。羊群随时可以把自己送回上帝那里,让自己饱受饥饿的煎熬,甚至有可能饿死。想通这个道理后,瘦狮子就对羊群特别客气,只吃死羊和病羊,凡是健康的羊它都不吃了。羊群喜出望外,有几只小羊提议干脆固定要瘦狮子,不要那头肥狮子了。一只老羊提醒说:"瘦狮子是怕我们送它回上帝那里挨饿,才对我们这么好。万一肥狮子饿死了,我们没有了选择的余地,瘦狮子很快就会恢复凶残的本性的。"众羊觉得老羊说得有理,为了不让另一头狮子饿死，它们赶紧把它换了回来。

原先膘肥体壮的那头狮子，已经饿得只剩下皮包骨头了，并且也懂得了自己的命运是操纵在羊群手里的道理。为了能在草原上待久一点，它竟百般讨好起羊群来。而那头被送交给上帝的狮子，则难过得流下了眼泪。

北边的羊群在经历了重重磨难之后，终于过上了自由自在的生活。南边那群羊的处境却越来越悲惨了，那只狼因为没有竞争对手，羊群又无法更换它，它就胡作非为，每天都咬死几十只羊，这只狼早已不吃羊肉了，它只喝羊的血。而且它还不准羊叫，哪只羊叫就立刻咬死哪只。南边的羊群只能在心中哀叹："早知道这样，还不如要两头狮子了。"

❀哲理感知❀

　　命运最好是掌握在自己手中。

人生三大陷阱

一个农夫进城卖驴和山羊。山羊的脖子上系着一个小铃铛。三个小偷看见了,一个小偷说:"我去偷羊,而且叫农夫发现不了。"另一个小偷说:"我要从农夫手里把驴偷走。"第三个小偷说:"这些都不难,我能把农夫身上的衣服全部偷来。"

第一个小偷悄悄地走近山羊,把铃铛解了下来,拴到了驴尾巴上,然后把羊牵走了。农夫在拐弯处四处环顾了一下,发现山羊不见了,就开始寻找。

这时第二个小偷走到农夫面前,问他在找什么,农夫说他丢了一只山羊。小偷说:"我见到你的山羊了,刚才有一个人牵着一只山羊向这片树林里走去了,现在还能抓住他。"农夫恳求小偷帮他牵着驴,自己去追山羊。第二个小偷趁机把驴牵走了。

农夫从树林里回来一看,驴子也不见了,就在路上一边走一边哭。走着走着,他看见池塘边坐着一个人。也在哭。农夫问他发生了什么事。那人说:"主人让我把一口袋金子送到城里去,我实在是太累了,就在池塘边坐着休息,不小心睡着了,睡梦中把那口袋掉到了水里。"农夫问他为什么不下去把口袋捞上来。那人说:"我怕水,因为我不会游泳,谁要把这一口袋金子捞上来。我就送他二十锭作为回报。"

农夫大喜,心想:正因为别人偷走了我的山羊和驴子,上帝才赐给我。于是,他脱下衣服潜到了水里。可是他无论如何也找不到那一口袋金子。当他从水里爬上来时,发现衣服不见了。原来是第三个小偷把他的衣服偷走了。

❀哲理感知❀

　　农夫所遭遇到的,正是我们人生三大陷阱:大意、轻信和贪婪。

还有一个苹果

一场突如其来的沙漠风暴，使一位旅行者迷失了前进的方向。更可怕的是，旅行者装水和干粮的背包也被风暴卷走了。他翻遍身上所有的口袋，只找到了一个青苹果。

"啊，我还有一个青苹果！"旅行者惊喜地叫着。他紧握着那个青苹果，独自在沙漠中寻找出路。每当干渴、饥饿、疲乏袭来的时候，他都要看一看手中的苹果，抿一抿干裂的嘴唇，陡然又会增添不少力量。他一次次的跌倒了，又一次次爬了起来，艰难地前行。他一遍一遍在心中默念着："我还有一个苹果！我还有一个苹果……"

一天过去了，两天过去了，第三天旅行者终于走出了荒漠。那个他始终未曾咬过一口的青苹果，已经干巴得不成样子，他却宝贝似的一直紧攥在手中。人们不禁感到惊讶：一个表面上看来是那么微不足道的苹果，竟然会有如此不可思议的神奇力量！

※哲理感知※

信念的力量在于即使身处逆境，也能帮助你扬起前进的风帆；信念的伟大在于即使遭遇不幸，亦能召唤你鼓起生活的勇气。信念是半个生命，淡漠是半个死亡。面对人生旅途中的挫折与磨难，我们需要清醒的头脑，更需要坚强的信念。

降伏心中的鬼

古时候，有一座名山，山上建了很多的出家人修行的精舍。在众多的精舍中，有一个很特别的房间，里面常常闹鬼，住在这房间的僧人往往不堪其扰，最后都搬到别处去住了。

一天，一个远方的僧人来到山上，想投宿一晚。

"我们没有房间了！"掌管寺庙事务的知客师父对僧人说。

"我已经走了很多精舍，都正巧没地方，让我在这里休息一宿吧。"僧人说。

"本寺是还有一间大通铺，但是……但是……"知客师父欲言又止。

"有房间即可，我不会嫌弃的。"

于是知客师父把他带到了那间闹鬼的房门前，并告诉他说："这房间里有鬼，常来骚扰人，你确定要住吗？"

僧人心想：佛法讲慈悲，若真有鬼，我更应该念佛诵经超度它才是！于是就对知客师父说："没有问题的，我可以感化它，谢谢您替我安排这间房间。"说完，就径自走进那个房间里去了。

这时天色已晚，又有一个僧人来到山上投宿。知客师父一样把他安排到了闹鬼的大通铺，并告诉他这间房子闹鬼。这个僧人也说："没关系，我能降伏它。"

这时候，先进入房中的僧人正端坐在房间中央，等待鬼来。忽然听到有敲门声，"鬼终于来了！"僧人便用法力抵住门，使门打不开。

109

门外的僧人使劲地敲门,见门不开,以为屋中有鬼在戏弄他,于是也施足了法力想把门打开。屋里的僧人见门外的"鬼"非要进来,也就更加足了力道,用气顶住门。

就这样僵持了很长的时间。门外的僧人法力比屋里的僧人大,终于把门撞开了。

屋里没有点灯,黑漆漆的伸手不见五指。他进门后,就和屋里的僧人打了起来。双方都以为是在打鬼,不停地施展法力,一会儿是风,一会儿是雨,如此整整打了一夜。

天渐渐亮了,两人这才看清楚对方,原来是曾经在一起学习经法的道友,两人都觉得惭愧。这时,由于闹闹嚷嚷了一夜,众僧人也都放胆出来观看,见到这种情形,大家忍不住哄堂大笑,直说:'哪来的鬼,原来是我们心中有鬼!'

❋哲理感知❋

在现实生活中,我们往往也像那两个僧人一样,被世俗的偏见蒙蔽了双眼,世上本没有鬼,真正的鬼是在我们心里。

每个人都有自己的天堂

从前，有一位学者为人虔诚正直。而他的父亲却嗜酒如命，经常喝得醉醺醺地跌到臭水沟里，是个远近闻名的酒鬼。儿子因为父亲的堕落觉得很不光彩，因为他深深地爱着他的父亲。他宁愿自己去死，也不愿意看到父亲出丑的样子。

有一天，下着大雨，儿子去教堂做弥撒。在路上，他看见一个醉鬼躺在臭水沟里，全身都湿透了。一大群孩童围在他身边，向他扔着泥巴和石块。

看到这个情景，他自言自语道："我要是把父亲带到这儿来，让他看看这个躺在水沟里的醉鬼，他一定会感到羞愧，说不定以后就不会再酗酒了。"

于是，他回家接来了父亲，带他到醉鬼躺着的地方。

老人凝视了一会儿倒在地上的人，然后弯下腰对他说："快告诉我，老兄，你在哪家酒店喝的好酒，让你如此烂醉如泥？"

"我不是为了这个才叫您来的，"儿子不高兴地指责父亲说，"我只是想让您知道，一个醉鬼是多么的不体面啊！您喝醉了的时候，也是这样。我求您记住，以后再也不要喝酒了。"

"我的儿子，"父亲说，"在我的生命中再也找不到比喝酒更好的享受了，酒店就是我的天堂。所以，还是让我去吧！"

❈哲理感知❈

在这个世界上，我们所追求的主要是快乐，但是快乐却不是良好的健康、金钱或名誉来获得的，而只是自己内心对快乐的解读。

信仰

世上曾经出现过一个这样的民族，族人不分男女老幼，个个孔武有力，赤手空拳也能和狮虎搏斗。残暴的性情加上天赋的力量，令其他弱小的族群长期生活在他们的欺凌之下。但经过调查，这支民族后来却是所有稀少民族中最先灭亡的一支。

原来，有人暗查出这个民族传袭着一种奇怪的信仰——禁止身体碰水。他们认为身体的污垢是神赐的礼物，若是加以洗净，力量就会消失，形同软弱的兔子，毫无反抗之力，只有任敌人宰割。

于是，几支弱小民族联合起来，在一个风雨交加的夜晚，将暴涨的河水导进他们所居住的洞穴。

果然，突如其来的河水冲刷，令他们发出惊惶的哀号，一时之间，他们仿佛失去了所有的力量，一个个痴呆地瘫倒在地。

当一支支石刀刺进他们胸膛的时候，尽管鲜血四溅，他们却在相信力量已经完全消失的心理因素下，不去做任何的抵抗。

※哲理感知※

　　信仰使人拥有力量，信仰也使人失去力量。其实，信仰不该用来"造神"，信仰应该用来造"我"，因为，一旦万能的神无法开启更高的智慧，反而变为人类意识上的障碍，无疑的，"神"终将成为"我"最大的敌人。

简单事重复做

一位著名的推销大师,他在城中最大的体育馆做告别职业生涯的演说。那天,会场座无虚席,人们在急切地等待着这位伟大推销员的精彩演讲。当大幕徐徐拉开时,舞台的正中央却吊着一个巨大的铁球。

主持人对观众说:"请两位身体强壮的人到台上来。"转眼间已有两名动作快的年轻人跑到台上。

推销大师这时开口了:"请你们用这个大铁锤,去敲打那个吊着的铁球,直到把它荡起来。"

一个年轻人先拿起铁锤,拉开架势,全力向那吊着的铁球砸去。但随着一声震耳的响声后,那吊球却纹丝不动。他接着用大铁锤不断砸向吊球,铁球还是不动。很快他就气喘吁吁了。另一个人也不甘示弱,接过大铁锤把吊球打得叮当响,可是铁球仍旧一动不动。

这时,老人从上衣口袋里掏出一个小锤,对着铁球"咚"地敲了一下,停顿一下,再用小锤"咚"地敲了一下。人们奇怪地看着,老人就这样自顾自地不断敲下去。10分钟过去了,20分钟过去了,会场早已开始骚动,有的人干脆叫骂起来,人们用各种声音和动作发泄着不满。

老人却不闻不问,只管一小锤一小锤不停地敲着。大概在老人进行到40分钟的时候,坐在前面的一个妇女突然尖叫一声:"球动了!"接着,吊球在老人一锤一锤的敲打中越荡越高,它拉动着那个铁架子"哐哐"作响,它的巨大威力强烈地震撼着在场的每一个人。

※哲理感知※

在人生的道路上,如果你没有耐心去等待成功的到来,那么,你只好用一生的耐心去面对失败。

赶不走的驴子

一个人有一次去见一位大师，要求学习冥想。大师问他："在你来的路上，你看到了什么？"

他说他曾记得，有一头驴子躺在路上。大师说："好吧，我先让你做一个小小的练习，如果你能做到，那我就会教你冥想。你去坐下，把那只驴子从你的脑子里赶出去。当你做到了，你再回来找我。"

这个可怜的人试了两个小时，但他发觉这只驴子的记忆越来越清晰，他没办法把它赶走！两个小时之后，他来到大师那里，说："实在抱歉，我根本就不能把那只驴子赶出我的大脑！"

大师说："听着！你只看了驴子一眼，甚至过了两个小时你都不能把它忘掉。现在，在你的脑子里堆积了你从小到大那么多的东西，要把这些东西去除比忘记你看过一眼的驴子不知要难上多少倍！"

大师接着说道："但如果你下定决心，真的准备要放下这些重负，那你首先必须认识到，你不必试图摆脱任何东西，不要与你的欲望抗争，不要试图摆脱它们，不要试图解决它们。而只要放下它们，忽略它们，它们就会一个一个地自己离开。"

在生活中，不可能什么都得到，所以应该学会放弃。放弃，并不意味着失去，因为只有放弃才会有另一种获得。放弃，是一种境界，漫漫人生路，只有学会放弃，才能轻装前进，才能不断有所收获。

❋哲理感知❋

一个人倘若将一生的所得都背负在身，那么纵使他有一副钢筋铁骨，也会被压倒在地。什么时候学会了放弃，什么时候便学会了成熟。

渔夫的儿子

有个渔人有着一流的捕鱼技术,被人们尊称为"渔王"。然而"渔王"年老的时候却非常苦恼,因为他的三个儿子的捕鱼技术都很平庸。

于是他经常向人诉说心中的苦恼:"我真不明白,我捕鱼的技术这么好,我的儿子们为什么这么差?我从他们懂事起就传授捕鱼技术给他们,从最基本的东西教起,告诉他们怎样织网最容易捕捉到鱼,怎样划船最不会惊动鱼,怎样下网最容易让鱼入瓮。他们长大了,我又教他们怎样识潮汐,辨鱼汛……凡是我长年辛辛苦苦总结出来的经验,我都毫无保留地传授给了他们,可他们的捕鱼技术竟然赶不上技术比我差的渔民的儿子!"

一位路人听了他的诉说后,问:"你一直手把手地教他们吗?"

"是的,为了让他们得到一流的捕鱼技术,我教得很仔细也很耐心。"

"他们一直跟随着你吗?"

"是的,为了让他们少走弯路,我一直让他们跟着我学。"

路人说:"这样说来,你的错误就很明显了。你只传授给了他们技术,却没传授给他们教训。"

※哲理感知※

对于才能来说,没有教训就如同没有经验一样,都不能使人成大器!

爱人之心

有位孤独的老人，无儿无女，又体弱多病，他决定搬到养老院去。老人宣布出售他那漂亮的住宅时，购买者闻讯蜂拥而至。住宅底价 8 万英镑，但人们很快就将它炒到了 10 万英镑。价钱还在不断攀升。老人深陷在沙发里，满目忧郁，是的，如果不是健康方面的原因，他是不会卖掉这栋陪他度过大半生的住宅。

一天，一个衣着朴素的青年来到老人眼前，弯下腰，低声说："先生，我也很想买这栋住宅，可我只有 1 万英镑。可是，如果您把住宅卖给我，我保证会让您依旧生活在这里，和我一起喝茶、读报、散步，天天都快快乐乐的。相信我，我会做到的！"

老人颔首微笑，把住宅以 1 万英镑的价钱卖给了他。

❀哲理感知❀

完成梦想，不一定非得要冷酷地厮杀和欺诈，有时，只要你拥有一颗爱人之心就可以了。

给 予

有个老木匠准备退休,他告诉老板,说要离开建筑行业,回家与妻子儿女享受天伦之乐。

老板舍不得他的好工人走,问他是否能帮忙再建一座房子,老木匠答应了。但是大家后来都看得出来,他的心已不在工作上,他用的是次料,做的是粗活。房子建好的时候,老板把大门的钥匙递给他。

"这是你的房子,"他说,"是我送给你的礼物。"

老木匠震惊得目瞪口呆,羞愧得无地自容。如果他早知道是在给自己建房子,怎么会这样做呢?现在他得住在一幢粗制滥造的房子里了。

❋哲理感知❋

我们漫不经心地"建造"自己的生活,不是积极行动,而是消极应付,凡事不肯精益求精,在关键时刻不能尽最大努力。等我们惊觉自己的处境,早已深困在自己建造的"房子"里了。你的生活是你一生唯一的创造,不能抹平重建,即使只有一天可活,那一天也要活得优美、高贵,因为:"生活是自己创造的。"

提醒自我

有个老太太坐在马路边望着不远处的一堵高墙，总觉得它马上就会倒塌，见有人向它走过去，她就善意地提醒道："那堵墙要倒了，离它远着点走吧。"被提醒的人不解地看着她大模大样地顺着墙根走过去了——那堵墙没有倒。老太太很生气："怎么不听我的话呢?!"这时又有人走过来，老太太仍然予以劝告。三天过去了，许多人在墙边走过去，并没有遇上危险。第四天，老太太感到有些奇怪，又有些失望，不由自主地便走到墙根下仔细观看，然而就在此时，墙倒塌了，老太太也被掩埋在灰尘砖石中，气绝身亡。

❈哲理感知❈

　　我们提醒别人时往往很容易，很清醒，但能做到时刻清醒地提醒自己却很难。所以说，许多危险来源于自身，老太太的悲哀便因此而生。

留个缺口给别人

一位著名企业家在作报告，一位听众问："你在事业上取得了巨大的成功，请问，对你来说，最重要的是什么？"

企业家没有直接回答，他拿起粉笔在黑板上画了一个圈，只是没有画圆满，留下一个缺口。他反问道："这是什么？""零""圈""未完成的事业""成功"，台下的听众七嘴八舌地答道。

他对这些回答未置可否："其实，这只是一个未画完整的句号。你们问我为什么会取得辉煌的业绩，道理很简单：我不会把事情做得很圆满，就像画个句号，一定要留个缺口，让我的下属去填满它。"

※哲理感知※

留个缺口给他人，并不说明自己的能力不强。实际上，这是一种管理的智慧，是一种更高层次上带有全局性的圆满。给猴子一棵树，让它不停地攀登；给老虎一座山，让它自由纵横。也许，这就是企业管理用人的最高境界。

佛塔上的老鼠

一只四处漂泊的老鼠在佛塔顶上安了家。

佛塔里的生活实在是幸福极了，它既可以在各层之间随意穿越，又可以享受到丰富的供品。它甚至还享有别人所无法想象的特权。那些不为人知的秘籍，它可以随意咀嚼；人们不敢正视的佛像，它可以自由休闲，高兴的时候，甚至还可以在佛像上"正襟危坐"。

每当善男信女们烧香叩头的时候，这只老鼠总是看着那令人陶醉的烟气，慢慢升起，它猛抽着鼻子，心中暗笑："可笑的人类，膝盖竟然这样柔软，说跪就跪下了！"

有一天，一只饿极了的野猫闯了进来，它一把将老鼠抓住。

"你不能吃我！你应该向我跪拜，因为我代表着佛！"这位高贵的俘虏抗议道。

"人们向你跪拜，只是因为你所占的位置，而不是因为你！"

野猫讥讽道，然后，它像掰开一个汉堡包那样把老鼠掰成了两半。

※哲理感知※

人生存于社会中一定要找准位置，要懂得把握宗旨。

疯子和呆子

一个心理学教授到疯人院去参观,想了解一下疯子的生活状态。一天下来,他觉得这些人疯疯癫癫,行事出人意料,可算大开了眼界。

想不到在准备返回时,他发现自己的车胎被人拿掉了。一定是哪个疯子干的!教授这样愤愤地想着,并动手拿出备胎准备安上。

然而事情却严重了。拿下车胎的人居然将螺丝也都拿了下来。没有螺丝有备胎也上不上啊!

教授一筹莫展。就在他着急万分的时候,一个疯子蹦蹦跳跳地过来了,嘴里唱着不知名的欢乐歌曲。他发现了困境中的教授,便停下来问他发生了什么事。

教授懒得理他,但出于礼貌还是告诉了他。

疯子哈哈大笑着说:"我有办法!"他从每个轮胎上面拧下了一个螺丝,这样就拿到三个螺丝将备胎装了上去。

教授惊奇感激之余,大为好奇:"请问你是怎么想到这个办法的?"

疯子嘻嘻哈哈地笑道:"我是疯子,可我不是呆子啊!"

❉哲理感知❉

其实,世上有许多的人,由于他们发现了工作中的乐趣,总会表现出与常人不一样的狂热,让人难以理解。许多人在笑话他们是疯子的时候,别人说不定还在笑他是呆子呢。

跳 槽

一个公司员工对他的同事说:"我要离开这个公司。我恨这个公司!"

他的同事建议道:"我举双手赞成你的决定!破公司一定要给它点颜色看看。不过你现在离开,还不是最好的时机。"

这个人问:"为什么?"

同事说:"如果你现在走,公司的损失并不大。你应该趁着在公司的机会,拼命去为自己拉一些客户,成为公司独当一面的人物,然后带着这些客户突然离开公司,这样公司才会受到重大损失,非常被动。"

这个人觉得他的同事说得非常在理。于是更加努力工作了。事遂所愿,经过半年多的努力工作后,他有了许多忠实的客户。

再见面时,他的同事问他:"现在是时机了,要跳槽赶快行动哦!"

他淡然笑道:现在公司老总跟我长谈过,准备升我做总经理助理,我暂时没有离开的打算了。

其实这个结果也正是他同事的初衷。

✽哲理感知✽

只有付出大于得到,让老板真正看到你的能力大于位置,才会给你更多的机会替他创造更多利润。

鞋 带

有一位表演大师上场前,他的弟子告诉他鞋带松了。大师点头致谢,蹲下来仔细系好。等到弟子转身后,他又蹲下来将鞋带解松。

有个旁观者看到了这一切,不解地问他:"大师,您为什么又要将鞋带解松呢?"大师回答道:"因为我饰演的是一位劳累的旅行者,在经过长途跋涉后让他的鞋带松开,可以通过这个细节表现出他的劳累和憔悴。"

"那你为什么不直接告诉你的弟子呢?"

"他能细心地发现我的鞋带松了,并且热心地告诉我,我一定要保护他这种热情的积极性,及时地给他鼓励,至于为什么要将鞋带解开,我将来会有更多的机会教他表演,可以到那时候再教给他。"

※哲理感知※

在日常生活中,难免有人会指出我们这样或那样的不足。不论对方说得是对还是错,重要的是要保护对方的这种热情态度。

选 择

有三个人要被关进监狱三年，监狱长允诺他们三个人每人一个要求。

第一个人爱抽雪茄，于是要了三箱雪茄。

第二个人讲究浪漫，提出要一个美丽的女子相伴。

而第三个人说，他要一部与外界沟通的电话。

三年过后，首先冲出来的是第一个人，他嘴里鼻孔里塞满了雪茄，大喊道："给我火，给我火！"原来他忘了要火了。

接着出来的是第二个人。只见他手里抱着一个小孩子，美丽女子手里牵着一个小孩子，肚子里还怀着第三个。

最后出来的是第三个人，他紧紧握住监狱长的手说："这三年来我每天与外界联系，我的生意不但没有停顿，反而增长了200％，为了表示感谢，我送你一辆劳斯莱斯！"

❋哲理感知❋

什么样的选择决定什么样的生活。今天的生活是由三年前我们的选择决定的，而今天我们的抉择将决定我们三年后的生活。我们要选择接触最新的信息，了解最新的趋势，从而更好地创造自己的将来。

坚持自己

从前有个部落，一直遵循着一个奇怪的约定：凡是参加部落聚会，所有成员必须赤身裸体。这个约定让很多外部落的人都无法接受。

有一次，这个部落有人得了一种怪病，因而很多人都感染了这种病。本族的医生都束手无策，不得已，族长只好求助于外族的一位神医。起初，这位神医怎么也不肯答应去看病，原因就是因为去的话必须要赤身裸体。部落的约定让他无法忍受。族长就一再请求，说是族人实在是无法自救，而且很多人都在病危之中，恳求神医一定出手相救。神医考虑到人命关天，就答应了族长的请求。

神医来看病的那一天，族长对族人说："好不容易把神医请来，为了部落的福祉起见，这次大家就破一次例穿上衣服吧。"于是全族人都把衣服穿戴整齐，等待那一刻的到来。

随着神医到来的脚步响起，大门一开，大家都惊呆了：只见老神医全身一丝不挂，斜背着一个药箱走了进来……

❀哲理感知❀

既然定下了规定，就要一直坚持下去，不能因为某些特殊情况而去改变它。

弟子求师

修身励志的160个哲理故事

古希腊哲学大师苏格拉底的三个弟子曾求教老师，怎样才能找到理想的伴侣。苏格拉底没有直接回答他们，却让他们到田埂上去走，而且只许前进，要求他们每个人选摘一个最好最大的谷穗，并且仅给他们每个人一次机会。

第一个弟子没走几步，就看见一个又大又漂亮的谷穗，便高兴地摘了下来。当他继续前进时，发现前面有许多比他摘的那个还大，但他已经没有机会了，只得遗憾地走完全程。

第二个弟子吸取了第一个弟子教训，每当他想摘谷穗时，总是提醒自己，后边还有更好的。可当他快到终点时才发现，机会已经全错过了。

第三个弟子吸取了前边两个师兄的教训。当他走过全程三分之一时，即分出大、中、小三类；再走三分之一时，验证是否正确；等到最后三分之一时，他选择了属于大类中的一个美丽的谷穗。

虽说，这个谷穗不一定是田里最好最大的一个，但对他来说已经是心满意足了。

❋哲理感知❋

　　人的欲望往往是不会轻易满足的，但要记住一点，一旦经过我们深思熟虑，想做的事尽管去做，哪怕失败也不要后悔，因为我们已经尽力了。

天堂与地狱

一个人问上帝:"为什么天堂里的人快乐,而地狱里的人一点也不快乐呢?"

上帝说:"你想知道吗?那好,我带你去看一下。"他们先来到地狱,走进一房间,看见许多人围坐在一口大锅前,锅里煮着美味的食物。可每个人都又饿又失望。原来他们手里的勺子都太长了,没法把食物送到自己的嘴里。

上帝说:"我们再去天堂看看吧。"于是他们来到另一个房间,看见的则是另一幅景象,虽然人们手里的勺子也很长,可是,这里的人都显出快乐又满足的样子。这个人很奇怪。上帝笑着说:"你看下去就知道了。"开饭了,只见这里的人们相互用勺子把食物送到别人的嘴里。

※哲理感知※

其实,真正的快乐并不在于那把勺子有多长,而在于你如何去使用它。

时间和爱的故事

从前有一个小岛,上面住着快乐、悲哀、知识和爱,还有其他各类情感。

一天,情感们得知小岛快要下沉了,于是,大家都准备船只,离开小岛。只有爱留了下来,她想要坚持到最后一刻。

过了几天,小岛真的要下沉了,爱想请人帮忙离开。这时,富裕乘着一艘大船经过这里。爱就对富裕说:"富裕,你能带我离开这里吗?"

富裕答道:"不,我的船上有许多金银财宝,没有你的位置。"

爱又看见虚荣在一艘华丽的小船上，就说："虚荣，帮帮我吧！"

"我帮不了你，你全身都湿透了，会弄坏了我这漂亮小船的。"

悲哀也过来了，爱于是向她求助："悲哀，让我跟你走吧！"

"哦……爱，我实在太悲哀了，想自己一个人待一会儿。"悲哀答道。

快乐走过爱的身边，但是她太快乐了，竟然没有听到爱在叫她。

突然，一个声音传来："过来！爱，我带你走。"

这是一位长者。爱大喜过望，竟忘了问他的名字。登上陆地以后，长者独自走开了。

爱对长者感恩不尽，于是就问另一位叫知识的长者："帮我的那个人是谁？"

"他是时间。"知识老人答道。

"时间？"爱问道，"为什么他要帮我？"

知识老人笑道："因为只有时间才能理解爱有多么伟大。"

❋哲理感知❋

只有时间能改变一切，也只有时间才能够读懂爱，时间能让你明白自己真正想要的东西，一段能够经得起时间考验的感情才是真正的爱情。时间可以把表面的、浮华的成分都抹掉，剩下的是纯粹的感受。所以证明爱情最好的方法就是用时间来沉淀。

兰花

有一位禅师非常喜爱兰花，在平日弘法讲经之余，花费了许多的时间栽种兰花。有一天，他要外出云游一段时间，临行前就交代弟子一定要好好照顾寺里的兰花。在他离开期间，弟子们总是细心地照顾兰花，但有一天在浇水时却不小心将兰花架碰倒了，所有的兰花盆都打碎了，兰花散了满地。弟子们都因此非常恐慌，打算等师父回来后，向师父赔罪领罚。

禅师回来了，闻知此事，便召集弟子们。他不但没有责怪弟子，反而说道："我种兰花，一来是用来供佛，二来也是为了美化寺里环境，而不是为了生气而种兰花的。"

❀哲理感知❀

在日常生活中，我们牵挂得太多，太在意自我的得失，所以我们的情绪不断起伏，并因此而不快乐。在生气之际，我们如能多想想：我不是为了生气而交朋友的。我不是为了生气而生儿育女的。那么我们会为自己烦恼的心情辟出另一番安详。

谷仓里的金表

一个农场主在巡视谷仓时不慎将一只名贵的金表遗失在谷仓里。他遍寻不获,便在农场门口贴了一张告示请人们帮忙,悬赏100美元。

人们面对重赏诱惑,无不卖力地四处翻找,无奈谷仓内谷粒成山,还有成捆成捆的稻草,要想在其中找寻一块金表就如同大海捞针。

人们忙到太阳下山时仍没找到金表，他们不是抱怨金表太小，就是抱怨谷仓太大，稻草太多，最后一个个都放弃了那100美元的诱惑。只有一个穷人家的小孩在众人离开之后仍不死心，努力地寻找。他已整整一天没吃饭，希望在天黑之前找到金表，解决一家人的吃饭困难。

天越来越黑，小孩在谷仓内坚持寻找。突然，他发现一切喧闹静下来后有一个奇特的声音，那声音"滴答，滴答"不停地响着。小孩顿时停止寻找。谷仓内更加安静，滴答声响得十分清晰。小孩寻声找到了金表，最终得到了那100美元的奖励。

※哲理感知※

　　成功的法则其实很简单，而成功者之所以稀有，是因为大多数人认为这些法则太简单了，没有坚持，不屑于去做。这个法则叫做执着。成功如同谷仓内的金表，早已存在于我们周围，散布于人生的每个角落，只要执着地去寻找，专注而冷静地思考，我们就会听到那清晰的滴答声。

诡　辩

两个十五岁的学生找到他们的希腊老师问道："老师，究竟什么叫诡辩呢？"老师稍作考虑了一下，然后说："有两个人到我这里来做客，一个人很干净，另一个人很脏。我请这两个人洗澡，你们想想，他们两人中谁会洗呢？"

"那还用说，当然是那个脏人。"学生脱口而出。

"不对，是干净人。"老师反驳道，"因为他养成了洗澡的习惯；脏人反倒认为没什么好洗的。再想想看，是谁会洗澡呢？"

"干净人。"两个学生改口说道。

"不对,是脏人,因为他需要洗澡。"老师又反驳说,然后他再次问道:"如此看来,客人中谁洗澡了呢?"

"脏人!"他的学生又喊着重复了第一次的回答。

"又错了,当然是两个都洗了,"老师说,"干净人有洗澡的习惯,而脏人需要洗澡。怎么样,到底谁洗澡了呢?"

"那看来就是两个人都洗了。"两个学生犹豫不决地回答。

"不对,两个人都没洗,"老师解释说:"因为脏人没有洗澡的习惯,而干净人不需要洗澡。"

"有道理,但是我们究竟该怎样理解呢?"学生不满地说:"你讲的每次都不一样,而又总是对的!"

"正是如此。你们看,这就是诡辩!"

※哲理感知※

　　判断像一座天平,证据像力量;但意志控制了平衡;在许多情况下甚至轻轻一按就足以使较轻的那方面看上去感觉较重。

儿 子

三个妇人在打井水。一个老人坐在石头上休息。

一个妇人对另一个说道：

"我的儿子很机灵，力气又大，谁也比不上他。"

"可我的儿子会唱歌，唱得像夜莺一样悦耳，谁也没有他这样好听的歌喉。"另一个妇女说。

第三个妇女默不作声。

"为什么不谈谈你的儿子呢？"两个邻居问她。

"有什么好说的呢？"她说："我的儿子什么特长也没有！"

说着，她们把桶装满水，提着走了，老人也跟着她们走去。水桶很重，她们走走停停，感到手臂疼痛，水溅了出来，此时背也酸了。

突然迎面跑来三个男孩，一个孩子翻着跟斗，他母亲露出欣赏的神色；另一个孩子像夜莺一般欢唱着，妇女们都凝神倾听；第三个跑到母亲跟前，从她手里接过两只沉重的水桶，提着走了。

妇女们这时问老人道："喂，你来评价一下，我们的儿子怎么样？"

"呵，他们在哪儿？"老人答道，"我只看到一个儿子！"

❀哲 理 感 知❀

评价人性的好坏不是拥有多少特长，而百善孝先行，即使拥有再出众的特长，如果没有孝心的话，也是没用的。

小贩与青年

一天,从早晨开始就大雨滂沱,路边几个卖小吃的小贩因此一直都无生意可做。

快到中午的时候,卖烤饼的那个大概是饿了,就吃了一块自己烤的饼。他已烤好一大沓,反正也卖不出去。

卖西瓜的坐着无聊,也就敲开一个西瓜来吃。

卖辣香干的开始吃辣香干。

卖杨梅的也只好吃杨梅了。

雨一直下着,四个小贩一直这样吃着。卖杨梅的吃得酸死了,卖辣香干的吃得辣死了,卖烤饼的吃得渴死了,卖西瓜的吃得肚皮胀死了。

这时从雨中嘻嘻哈哈冲过来四个年轻人,他们从四个小贩手中将这四样东西都买齐了,坐在附近的亭子里吃起来,他们的食物中,有香的有辣的,有酸的有甜的,味道好极了。

❋哲理感知❋

享受生活不是孤独自娱,和谐与人同乐才是真正的享受。

三个小金人

曾经有个小国的使者到中国来，进贡了三个一模一样的金人，它们看上去金碧辉煌，把皇帝高兴坏了。可是这个小国的使者同时还出了一道题目：这三个金人哪个最有价值。皇帝想了许多的办法，请来珠宝匠检查，称重量、看做工，得出的结论是它们都是一模一样的。怎么办？使者还等着回去汇报呢。泱泱大国，不会连这个小事都不懂吧？最后，有一位退休的老大臣说他有办法。皇帝将使者请到大殿，老臣胸有成竹地拿着三根稻草，将其中一根插入第一个金人的耳朵里，这稻草从另一边耳朵出来了；他再将一根稻草插入第二个金人的耳朵里，第二个金人的稻草从嘴巴里直接掉出来，而第三个金人，稻草进去后掉进了肚子里。老臣说：第三个金人最有价值！使者默默无语，因为老臣的答案是正确。

※哲理感知※

最有价值的人，不一定是最能说的人。老天给我们两只耳朵和一个嘴巴，本来就是让我们多听少说的。善于倾听，才是成熟的人最基本的素质。

赶考

有位秀才第三次进京赶考，住在一个他经常住的客栈里。考试的前两天他做了三个梦：第一个梦是梦到自己在墙上种白菜；第二个梦是下雨天，他戴了斗笠还打伞；第三个梦是梦到跟心爱的人躺在一起，但是背靠着背。

这三个梦似乎有些深意，秀才第二天就赶紧去找算命的解梦。算命的一听，连拍大腿说："你还是回家吧。你想想，高墙上种菜不是白费劲吗？戴斗笠打雨伞不是多此一举吗？跟爱人躺在一张床上了，却背靠背，不是没戏吗？"

秀才听后，心灰意冷，回店收拾包袱准备回家。店老板非常奇怪，问："不是明天才考试吗，今天你怎么就回乡了？"

秀才如此这般说了一番，店老板乐了，说："我也会解梦的。我倒觉得，你这次一定要留下来。你想想，墙上种菜不是高种吗？戴斗笠打伞不是说明你这次有备无患吗？跟你爱人背靠背躺在床上，不是说明你翻身的时候就要到了吗？"秀才一听，觉得更有道理，于是精神振奋地去参加考试，结果居然中了个探花。

❈哲 理 感 知❈

积极的人，就像太阳，照到哪里哪里亮；消极的人，就像月亮，初一、十五不一样。想法决定我们的生活，有什么样的想法，就有什么样的未来。

鱼骨刻的老鼠

在一个远方的国家,有两个非常杰出的木匠,他们的手艺都很好,难以分出高下。

有一天,国王突发奇想:到底哪一个才是最好的木匠呢?不如我来办一次比赛,然后封胜者为"全国第一木匠"。

于是,国王把两位木匠找来,为他们举办了一次比赛,限时三天,看谁刻的老鼠最逼真,谁就是全国第一的木匠;不但可以得到许多奖品,还可以得到册封。

在那三天里,两个木匠都不眠不休地工作,到第三天,他们把已雕好的老鼠献给国王。国王把大臣全部找来,一起做本次比赛的评审。

第一位木匠刻的老鼠栩栩如生、纤毫毕现,甚至看上去连鼠须也会动。

第二位木匠的老鼠则只有老鼠的神态,却没有老鼠的形貌,远看勉强是一只老鼠,近看则只有三分像。胜负即分,国王和大臣一致认为第一个木匠获胜。

但第二个木匠抗议说:"各位的评审不公平,要决定一只老鼠是不是像老鼠,应该由猫来决定,猫看老鼠的眼光比人还锐利呀!"

国王想了想，也觉得有道理，就叫人到后宫带几只猫来，让猫来决定哪一只老鼠比较逼真。

没有想到，猫一被放下来，都不约而同扑向那只看起来并不像老鼠的"老鼠"，啃咬、抢夺、而那只栩栩如生的老鼠却完全被猫给冷落了。

事实摆在面前，国王只好把"全国第一"的称号给了第二个木匠。

事后，国王把第二个木匠找来，问他："你是用什么方法让猫也认为你刻的是老鼠呢？"

木匠说："其实很简单，我只不过是用鱼骨刻了只老鼠罢了！猫在乎的根本不是像与不像，而是有没有腥味呀！"

❋哲 理 感 知❋

　　人生的竞赛往往是这样，获胜者往往不是技巧最好的，而是最接近人性的，因此只有靠逻辑做事才能更符合自然规律，才能更容易成功。

抢劫自己

在20世纪的20年代，有一个大盗在欧洲妇孺皆知，他的名字叫阿瑟·贝里。欧洲几乎所有富豪名流的银行保险箱和收藏室他都光顾过。如果哪一位富豪没有遭受过阿瑟·贝里的偷盗，别人通常只能认为他所谓富裕只是虚有其表，不然阿瑟·贝里怎么就没有来过呢？

到了后来，在他千百次得手之后的一次盗窃中，终于落入了法网。当警察进入阿瑟·贝里的家之后，所有的人都被眼前壮观的财富惊呆了。他把这些抢劫的财富分成六个储藏室储藏：金银、绘画、珍珠、玉石、现钞、古玩，每一个储藏室里都满满的。这里几乎汇集了世界上最罕见的金银珍宝、最名贵的美术作品，这些财富不是简单地用价值连城这个词语能够形容的。

颇有些讽刺意味的是，在他这里发现的一些绘画，是英国王室和卢森堡大公独有的，而且王室并没有丢失。最后专家鉴定出来了，他的这些是真品，而依然挂在王室里的绘画则全部是阿瑟·贝里找人复制的赝品。这让当时的英国王室和卢森堡大公声誉扫地。

当时有媒体报道说，某些小国家的财富总和恐怕也难以与他的财富媲美。

他被判20年监禁。1950年，阿瑟·贝里刑满释放。当他走出监狱之后，他决定隐姓埋名过一种清贫而普通的生活。他到了距离首都最远的一个小城隐居下来，开了一个小酒店，每天有一些微薄的收入，这对于他的用度已经足够了。人们逐渐忘记了他,他自己似乎也把自己忘记了。

但是,有一天,一个记者发现了他。"江洋大盗阿瑟·贝里就居住在我们的小城"这个消息让小城顿时翻了天。

阿瑟·贝里很从容地接待来采访他的人,他对于记者的问题有问必答。其中,有一个问题的回答至今为人们铭记。当记者问他抢劫的最珍贵的财宝是什么时,他沉着地回答:我抢劫的最倒霉的人是阿瑟·贝里,最珍贵的财宝是他的20年岁月,我抢劫的其他财宝都已经物归原主,只有这一件财宝却没有办法归还啊。

人们看到一向坚强的阿瑟·贝里此刻的眼眶里溢满了泪水,人们知道,那是他用20年生命顿悟出来的悔恨之泪。

※哲理感知※

　　人生中失去的岁月永远无法归还。

路曲心直

在一座寺中有一个小和尚，他从小就在这里出家了。每天清晨，他要去担水、扫地，做过早课后要去寺后的市镇上购买寺中一天所需的日常用品。回来后，还要干一些杂活，晚上还要读经到深夜。就这样，在晨钟暮鼓中，十年过去了。

有一天，小和尚稍有闲暇，便和其他小和尚在一起聊天，发现别人过得都很清闲，只有他一人整天在忙忙碌碌。他发现，虽然别的小和尚偶尔也会被分派下山购物，但他们去的是山前的市镇，路途平坦距离也近，买的东西也大多是些比较轻便的。而十年来方丈一直让他去寺后的市镇，要翻越两座山，道路崎岖难行，回来时肩上自然还要多了很重的物品。于是，小和尚带着诸多不解去找方丈，问："为什么别人都比我自在呢？没有人强迫他们干活读经，而我却要干个不停呢？"方丈只是低吟了一声佛号，微笑不语。

第二天中午，当小和尚扛着一袋小米从后山走来时，发现方丈正站在寺的后门旁等着他。方丈把他带到寺的前门，坐在那里闭目不语，小和尚不明所以，便侍立在一旁。日已偏西，前面山路上出现了几个小和尚的身影，当他们看到方丈时，一下愣住了。方丈睁开眼睛，问那几个小和尚："我一大早让你们去买盐，路这么近，又这么平坦，怎么回来得这么晚呢？"

几个小和尚面面相觑，说："方丈，我们说说笑笑，看看风景，就到这个时候了。十年了，每天都是这样的啊！"

方丈又问身旁侍立的小和尚："寺后的市镇那么远，翻山越岭，山路崎岖，你又扛了那么重的东西，为什么回来得还要早些呢？"小和尚说："我每天在路上都想着早去早回，由于肩上的东西重，我才更小心去走，所以反而走得稳，走得快。十年了，我已养成了习惯，心里只有目标，没有道路了！"

方丈闻言大笑，说："道路平坦了，心反而不在目标上了。只有在坎坷的路上行走，才能磨炼一个人的心志啊！"

几个月后，寺里忽然严格考核众僧，从体力到毅力，从经书到悟性，面面俱到。小和尚由于有了十年的磨炼，所以在众僧中脱颖而出，被选拔出来去完成一项特殊的使命。这个当年的小和尚就是后来著名的玄奘法师。在西去的途中，虽水阻山隔，艰险重重，他的心却一直闪耀着求法的坚毅之光。

❈哲理感知❈

道路曲折坎坷并不是通向目标最大的障碍，一个人的心态才是成败的关键。只要心中的灯火不曾熄灭，即使道路再崎岖难行，那片光明也会孜孜引路，让人如愿而归！

走进星星的世界

有一个年轻的军官接到调动命令，将他调派到一处接近沙漠边缘的基地。他不想让新婚的妻子跟着他离开繁华的都市生活前往基地受苦，但妻子为了证明与丈夫同甘共苦的决心，执意要陪同他前去。

年轻军官只好带着妻子前往，并在驻地附近的一个部落中帮妻子找了个木屋安顿下来。该地区夏天酷热难耐，风沙多且早晚温差变化大，更糟的是部落中的人都不懂英语，连日常的沟通交流都有问题。

过了几个月，妻子实在是无法忍受这样的生活，于是写了封信给她的母亲，除了诉说生活的艰苦难熬外，信末还说她准备回到繁华的都市生活中。

她的母亲给她回了封信，信上说："两个囚犯，他们住同一间牢房，往同一个窗外看，一个看到的是泥巴，另一个则看到的是星星。"

妻子倒不是真的想离开丈夫回都市，原也只是发发牢骚罢了。接到母亲的来信后，她便对自己说："好吧！我去把那星星找出来。"从此她改变了生活态度，积极的走进当地人的生活里，学习他们的编织和烧陶，并迷上了当地文化。她还认真地研读许多关于星象天文的书籍，并运用沙漠地带的天然优势观察星星，几年后出版了几本关于星星的研究书籍，成了星象天文学方面的专家。

※哲理感知※

打败自己的不是环境，而是自己。走进星星的世界，往往就能找到生命的依归与生活的目标，请不要抱怨环境让你无法一展才华，只要努力，就会从中找到属于自己的那颗闪耀的星星。

坚持自己的价值

有一个出家弟子跑去请教一位很有智慧的师父，他跟在师父的身边，天天问同样的问题："师父啊，什么是人生真正的价值？"问得师父烦透了。

有一天，师父从房间拿出一块石头，对他说："你把这块石头拿到市场去卖，但不要真的卖掉，只要有人出价就好了，看看市场的人，能出多少钱买这块石头？"

弟子带着石头到了市场，有的人说这块石头很大，就出价两块钱；有人说这块石头，可以做秤砣，出价十块钱。结果大家七嘴八舌，最高也只出到十块钱。

弟子很开心地回去，告诉师父说："这块没用的石头，还可以卖到十块钱，真该把它卖了。"

师父说："先不要卖，再把它拿去黄金市场卖卖看，也不要真的卖掉。"

弟子就把这石头，拿去黄金市场卖。一开始就有人出价一千块，第二个人出一万块，最后这块石头被出价到十万元。

弟子兴冲冲跑回去，向师父报告这不可思议的结果。

师父对他说："现在你把石头拿到最贵、最高级的珠宝商场去估价。"弟子于是又去了珠宝商场了。

第一个人开价就是十万，但他不卖，于是二十万、三十万，一直加到后来对方生气了，要他自己出价。他对买家说，师父不许他卖，就把石头带了回去，对师父说："这块石头居然被出价到数十万。"

师父说："是呀！我现在不能教你人生的价值，因为你一直在用市场的眼光在看待你的人生。人生的价值，应该是一个人的心中要先有了最好的珠宝商的眼光，才可以看到真正的人生价值。"

※哲理感知※

　　我们存在的价值，不在于外面的评价，而是在我们给自己的定价。

农妇和乞丐

有一个乞丐,他的整个右手臂断了,样子挺可怜,谁见了都会施舍他点东西。有一天,他来到一个农户人家行乞,女主人叫他先将门前的一堆砖搬到院子的后面。乞丐生气地对女主人说:"你明明看到我只有一只手,却让我搬砖头,这不是存心捉弄人吗?"

没想到女主人自己蹲下来，用一只手搬起砖头，来回走了一趟，然后对乞丐说："我一只手能搬，你一只手为什么就不能搬？"乞丐无言以对，只好用他那一只手慢慢搬，整整干了两个小时才搬完那些砖，累得满头大汗。

农妇递给他一条白毛巾，乞丐擦完脸和脖子后，白毛巾变成了黑毛巾。农妇又给他二十元钱，乞丐接过钱连声道谢。农妇说："你不用谢我，这是你用自己的汗水换来的工钱。"乞丐说："我永远不会忘记你，请你把这条毛巾留给我作纪念吧。"

过了若干年后，这位乞丐穿着一身笔挺的西装再次来到这家农户，见到年迈的女主人动情地说："我从前是乞丐，现在是一家公司的董事长，是你帮助我找回了失去的尊严，重建了生活的信心，如果没有你，我也许还在四处流浪呢。"农妇说："不用客气，你现在的一些都是通过你自己的努力得来的。"

独臂董事长提出送一幢楼给农妇，农妇婉言谢绝。董事长对此不解，农妇笑着说："因为我们全家每个人都有一双手。"

※哲理感知※

作为一个人活在世上，无论失去了什么，也不能失去尊严。

"诚信"漂流记

一天,"诚信"被一个"聪明"的年轻人扔到了水里,他拼命地游着,最后来到了一个小岛上。"诚信"就躺在沙滩上休息,心里计划着等待哪位路过的朋友允许他搭船,好救他一命。

突然,"诚信"听到远处传来一阵阵欢乐轻松的音乐。他于是马上站了起来,向着音乐传来的方向望去,这时他看见一只小船正向这边驶来。船上有面小旗,上面写着"快乐"二字,原来是快乐的小船来了。于是"诚信"忙喊道:"快乐快乐,我是诚信,你拉我回到岸上可以吗?"

"快乐"笑着对"诚信"说:"不行不行,我一有了诚信就不快乐了,你看这社会上有多少人因为说了实话而失去了快乐,对不起,我无能为力。"说完,"快乐"就走了。

过了一会儿,"地位"又来了,诚信忙喊道:"地位地位,我是诚信,我想搭你的船回家可以吗?""地位"忙把船划远了,回头对"诚信"说:"不行不行,诚信可不能搭我的船,我的地位来之不易啊!有了你这个诚信我岂不要倒霉了,而且我会连地位也保不住啊!"诚信很失望地看着"地位"的背影,眼里充满了不解和疑惑,他又接着等下去。

随着一阵有节奏的却不和谐的声音传来,"竞争"们乘着小船来了,"诚信"喊道:"竞争,竞争,我能不能搭你的小船一程?""竞争"们问道:"你是谁,你能给我们多少好处?""诚信"本不想说,怕说了又没人理,但"诚信"毕竟是诚信,于是他说:"我是诚信啊""你是诚信啊,你这不成心给我们添麻烦吗?如今竞争这么激烈,我们不正当竞争怎么敢要你诚信?"说完,扬长而去。

正当"诚信"近乎绝望的时候,一个洪亮的声音从远处传来:"孩子,上船吧!"一个白发苍苍的老者在船上掌着舵说道:"我是时间老人。""那您为什么要救我呢?""诚信"问道。老人微笑着说:"因为只有时间才知道诚信有多么重要啊!"

在回去的路上,时间老人指着因翻船而落水的"快乐"、"地位"、"竞争"意味深长地说道:"没有了诚信,他们都走不多远的。"

❃哲理感知❃

正如时间老人所说:"人们没有了诚信都走不多远!"

活在当下

一天早餐后,有人想请佛祖指点一下他。佛祖邀他进入内室,耐心地聆听着此人滔滔不绝地谈论自己存疑的各种问题达数分钟之久,最后,佛祖举起手来,此人立即停住口,他想知道佛祖要指点他什么。

"你吃了早餐吗?"佛祖问道。

这人点了点头。

"你洗了吃早餐用过的碗了吗?"佛祖再问。

这人又点了点头,接着张口想要说什么。

佛祖在这人说话之前说道:"你有没有把碗晾干?"

"有的,有的,"此人不耐烦地回答,"现在你可以为我解惑了吗?"

"你已经有了答案。"佛祖回答,接着把他请出了门。

几天之后,这人终于明白了佛祖点拨他的道理。佛祖是提醒他要把重点放在眼前——必须全神贯注于当下,因为这才是真正的要点。

❈哲理感知❈

　　活在现在是一种全身心地投入人生的生活方式。当你活在现在,而没有过去在拖你的后腿,也没有未来拉着你往前跑时,你全部的能量都集中在这一时刻,生命因此具有一种强烈的张力。

　　许多人喜欢预支明天的烦恼,想要早一步解决掉明天的烦恼。明天如果有烦恼,你今天是无法解决的,每一天都有每一天的人生功课要做,努力做好今天的事情再说吧!

信用是人生最重要的资本

公元前4世纪的意大利,有一个名叫皮斯阿司的年轻人触犯了国王,被判绞刑,几天后在特定的日子中将被处死。皮斯阿司是个孝子,在临死之前,他希望能与远在百里之外的母亲见最后一面,以表达他对母亲的歉意,因为他不能为母亲养老送终了。

他的这一要求被告知了国王。国王被他的孝心所感动,允许他回家探望,但是他必须为自己找个替身,暂时替他坐牢。这是一个看似简单其实近乎不可能实现的条件,因为有谁肯冒着被杀头的危险替别人坐牢呢?这岂不是自寻死路。但,茫茫人海,就有人不怕死,而且真的愿意替别人坐牢,他就是皮斯阿司的朋友达蒙。

达蒙住进牢房以后,皮斯阿司回家与母亲诀别。人们都静静地看着事态的发展。日子一天天地过去了,皮斯阿司还没有回来,眼看刑期就快到了,人们一时间议论纷纷,都说达蒙上了皮斯阿司的当。行刑日是个雨天,当达蒙被押赴刑场之时,围观的人都在笑他的愚蠢,幸灾乐祸的也大有人在。而刑车上的达蒙面无惧色,一副慷慨赴死的架势。

行刑的时间马上就要到了,绞索也已经挂在达蒙的脖子上。胆小的人都吓得紧闭了双眼,他们在内心深处为达蒙深深地惋惜,并痛恨那个出卖朋友的小人皮斯阿司。就在这千钧一发之际,在淋漓的风雨中,皮斯阿司飞奔而来,他高喊着:我回来了!我回来了!

这一幕太感人了，许多人都还以为自己是在梦中。这个消息宛如长了翅膀，很快便传到了国王的耳中。国王闻听此言，也以为这是谎言。他亲自赶到刑场，要亲眼看一看自己优秀的子民。最终，国王万分喜悦地为皮斯阿司松了绑，并亲口赦免了他的死刑。

在赦免的现场，国王当众宣布了自己要以信用立国，以信用治天下的政令。并宣布任命皮斯阿司为司法大臣，任命达蒙为礼仪大臣，协助国王治理国家。国王说，他为自己的国家有这样讲的子民感到高兴，为自己的国家有这样信用和义气的子民感到自豪。他相信，他们两个人一定会辅助他把国家治理成信用礼仪之邦。

事实上，正是这两个人在担任了大臣以后，以诚信治天下，使意大利走向了历史最辉煌的全盛时代。

※哲理感知※

　　这就是信用的力量。无论一个人，还是一个组织、一个国家，当信用成为安身立命的尺度之后，就可以改变命运，就可以创造历史了。

猴子饮水

非洲大草原的旱季来临了，饮水成了生活在这里的所有动物最艰难的事情。食草动物和食肉动物四处寻觅着水源。在飞禽的指引下，走兽们终于找到了一个日渐干涸但仍有水的小湖。

狮子最先赶到这里，喝完水后离开了。斑马、羚羊、跳羚、猴子等陆续集结在此地，可一个严峻的现实摆在它们面前，湖水中潜藏着许多鳄鱼，个个虎视眈眈。岸上的动物显得惶恐焦躁，不敢轻易靠近，但同时又无法忍耐饥渴的折磨。

最先冒险的是勇敢的斑马。领头的一只试探着靠近湖水，低下头小心翼翼地喝了口水，然后抬起头观察一下低头再喝。接着其他的斑马也鼓足勇气相继靠近，低头、饮水……突然，一只鳄鱼咬住了猎物。一头体格较弱的斑马成了牺牲品，别的斑马纷纷后退。

鳄鱼的强悍有目共睹，可生存成了动物们唯一的渴求，眼睁睁地看着一些动物脱水后倒下，它们只能选择冒险。于是，羚羊、跳羚、角马等不间断地先后靠近湖水。一场生与死的较量、进攻与脱险的游戏一遍又一遍悲壮地演绎着……

虽然许多动物不幸地落入凶残的鳄鱼之口，但饥渴难耐的"悲壮者"仍旧选择了"冲锋"。

与此相反，猴子们并不轻举妄动。原来，大多数猴子"探索"出一条饮水的巧妙方式：在离湖不远的岸边沙地上挖出洞穴，湖水会从地下渗透过来，这足以让猴子们活下去了。

※哲理感知※

　　猴子饮水的巧妙方式，给人们一个启示：勇敢的冒险有时并非明智之举，而另辟蹊径的智慧才是取胜的法宝。

把失败写在背面

　　有一个年轻人，从很小的时候起，他就有一个梦想，希望自己能够成为一名出色的赛车手。他在军队服役的时候，曾开过卡车，这对他熟练驾驶赛车起到了很大的帮助作用。

　　退役之后，他选择到一家农场里开车。在工作之余，他仍一直坚持参加一支业余赛车队的技能训练。只要有机会遇到车赛，他都会想尽一切办法参加。因为得不到好的名次，所以他在赛车上的收入几乎为零，这也使得他欠下一笔数目不小的债务。

　　有一年，他参加了当地的赛车比赛。当赛程进行到一半多的时候，他的赛车位列第三，他有很大的希望在这次比赛中获得好的名次。

　　突然，他前面那两辆赛车发生了相撞的事故，他迅速地转动赛车的方向盘，试图避开他们。但终究因为车速太快未能成功。结果，他撞到车道旁的墙壁上，赛车燃烧着停了下来。当他被救出来时，手已经被烧伤，鼻子也不见了，体表烧伤面积达40％。医生给他做了7个小时的手术之后，才把他从死神的手中解救出来。

　　经历这次事故，尽管命保住了，可他的手却萎缩得像鸡爪一样。医生告诉他说："以后，你再也不能开车了。"

　　然而，他并没有因此而灰心绝望。为了实现那个久远的梦想，他决心再一次为成功付出代价。他接受了一系列植皮手术。为了恢复手指的灵活性，每天他都不停地练习用残余部分去抓木条，有时尽管疼得浑身大汗淋滴，但他仍然坚持着，他始终坚信自己的能力。在做完最后一次手术之后，他回到了农场，用开推土机的办法把自己的手掌重新磨出老茧，并继续练习赛车。

仅仅在9个月之后，他又重返了赛场。他首先参加了一场公益性的赛车比赛，但没有获胜，因为他的车在中途意外地熄了火。不过，在随后的一次全程200英里的汽车比赛中，他取得了第二名的好成绩。

又过了两个月，仍是在上次发生事故的那个赛场上，他满怀信心地驾车驶入赛场。经过一番激烈的角逐，他最终赢得了250英里比赛的冠军。

他，就是美国颇具传奇色彩的伟大赛车手——吉米·哈里波斯。当吉米第一次以冠军的姿态面对热情而疯狂的观众时，他流下了激动的眼泪。一些记者纷纷将他围住，并向他提出一个相同的问题："你在遭受那次沉重的打击之后，是什么力量使你重新振作起来的呢？"

此时，吉米手中拿着一张此次比赛的招贴图片，上面是一辆赛车迎着朝阳飞驰。他没有回答，只是微笑着用黑色的水笔在图片的背后写上一句凝重的话：把失败写在背面，我相信自己一定能成功！

※哲理感知※

　　自信是走向成功的第一步；缺乏自信往往是失败的主要原因。

上帝的忠告

有一天,上帝来到人间。遇到一个智者,正在钻研人生的问题。上帝敲了敲门,走到智者的跟前说:"我也为人生感到困惑,我们能一起探讨探讨吗?"

智者毕竟是智者,他虽然没有猜到面前这个老者就是上帝,但也能猜到绝不是一般的人物。他正要问对方是谁,上帝说:"我们只是探讨一些问题,完了我就走了,没有必要说一些其他的问题。"

智者说:"我越是研究,就越是觉得人类是一个奇怪的动物。他们有时候非常善用理智,有时候却非常的不明智,而且往往在大的方面却失去了理智。"

上帝感慨地说:"这个我也有同感。他们厌倦童年的美好时光,急着成熟,但长大了,又渴望返老还童;他们健康的时候,不知道珍惜健康,往往牺牲健康来换取财富,然后又牺牲财富来换取健康;他们对未来充满焦虑,但却往往忽略现在,结果既没有生活在现在,又没有生活在未来之中;他们活着的时候好像永远不会死去,但死去以后又好像从来有活过,还说人生如梦……"

智者对上帝的论述感到非常的精辟,他说:"研究人生的问题,很是耗费时间的。您怎么利用时间呢?"

"是吗？我的时间是永恒的。对了，我觉得人一旦对时间有了真正透彻的理解，也就真正弄懂了人生了。因为时间包含着机遇，包含着规律，包含着人间的一切，比如新生的生命、没落的尘埃、经验和智慧等人生至关重要的东西。"

智者静静地听上帝说着，然后，他要求上帝对人生提出自己的忠告。

上帝从衣袖中拿出一本厚厚的书，上边却只有这么几行字：

人啊！你应该知道，你不可能取悦于所有的人；最重要的不是去拥有什么东西，而是去做什么样的人和拥有什么样的朋友；富有并不在于拥有最多，而在于贪欲最少；在所爱的人身上造成深度创伤只要几秒钟，但是治疗它却要很长很长的时光；有人会深深地爱着你，但却不知道如何表达；金钱唯一不能买到的，但却是最宝贵的，那便是幸福；宽恕别人和得到别人的宽恕还是不够的，你也应当宽恕自己；你所爱的，往往是一朵玫瑰，并不是非要极力地把它的刺根除掉，你能做的最好的，就是不要被它的刺刺伤，自己也不要伤害到心爱的人；尤其重要的是：很多事情错过了就没有了，错过了就是会变的。

智者看完了这些文字，激动地说："只有上帝，才能……"抬头一看，上帝已经无影无踪了，只有周围似乎还在飘着他的声音。

❋哲理感知❋

　　对每个生命来说，最最重要的便是——只有自己才是自己的上帝。

鸡与大蟒蛇

在一个动物园里，饲养员每天都要喂一大盆肉给大蟒蛇吃。

一天，饲养员突然想看看给大蟒蛇吃鸡会是什么样子，于是他就放了一只鸡到大蟒蛇的笼子里。

这只鸡突然遭遇到这飞来横祸，什么办法也没有，因为它现在已被关进大蟒蛇的笼子里了。它心想，反正是一死，干吗要坐着等死呀，也许搏斗一番还有活命的机会呢。这样想着，它就使劲地飞起，狠狠地对着大蟒蛇猛啄起来。大蟒蛇被这突如其来的猛攻弄得措手不及，被啄得眼睛都睁不开了，根本没有了还手之力。一个小时以后，大蟒蛇终于被这只鸡啄死了。

第二天，饲养员进来看到这情景，非常吃惊，他被鸡的勇敢感动了，把这只鸡放走了。

※哲理感知※

面对突如其来的厄运，我们不应该只是消极地去听从命运的安排，需要尽自己的努力去抗争，那样，我们也许还有机会改变自己的命运。

贪婪的鲫鱼

水中垂着一个挂满鱼饵的钩。一条鲫鱼闻着鱼饵的香味游过来,向鱼饵看了一眼,心想:真不错,是块美味的东西。但它没有因此而放松警惕,因为它记得不少同伴就是贪食鱼饵而断送了性命。鲫鱼赶紧游开,心里又想:不能吃,这准是鱼饵。

但鲫鱼仍旧无法抵御鱼饵那香味的诱惑,过了一会儿,它又游到这个鱼饵旁边,对它又进行了一番研究和观察。

"不行,决不能上当!这块东西一定是鱼饵。"鲫鱼警告自己,随即又游开了。鲫鱼游了不远,心里老记挂着这块鲜美的东西,不一会儿,又游回来了。它再一次对这块使它垂涎的食物进行仔细地观察和分析。

"也许危险不会太大。"它用尾巴投石问路似的打了一下鱼饵。

鱼饵在水中荡了几下,又垂挂在那儿纹丝不动了。

"看来问题不大,是我多虑了。"它在鱼饵旁转来转去,"上帝保佑!让我冒险一次,仅仅这一次,说不定一点危险也没有……"

结果,钓竿一提,鲫鱼上钩了。

※哲理感知※

贪欲往往能解除谨慎的武装,使聪明的人变成笨蛋。

被信任是一种幸福

一艘货轮在烟波浩渺的大西洋上行使。一个在船尾搞勤杂的小孩不小心掉进了波涛滚滚的大西洋。孩子大喊救命，无奈风大浪急，船上的人谁也没有听见，他只能眼睁睁地看着货轮拖着浪花越走越远……

求生的本能使孩子在冰冷的海水里拼命地游，他用尽全身的力气挥动着瘦小的双臂，努力使头伸出水面，睁大眼睛盯着轮船远去的方向。

船越走越远，船身越来越小，到后来，什么都看不见了，只剩下一望无际的汪洋。孩子的力气也快用完了，实在游不动了，他觉得自己要沉下去了。放弃吧，他对自己说。这时候，他想起老船长那张慈祥的脸和友善的眼神。不，船长知道我掉进海里后，一定会来救我的！想到这里，孩子鼓足勇气用生命的最后力量又朝前游去……

船长终于发现那孩子失踪了，当他断定孩子是掉进海里后，果断地下令返航，回去寻找。这时，有人劝他说："这么长时间了，那孩子就是没有被淹死，也可能让鲨鱼吃了……"船长犹豫了一下，还是决定回去找。这时又有人说："为一个孩子，值得吗？"船长大喝一声："住嘴！"

终于，在那孩子就要沉下去的最后一刻，船长赶到了，救起了孩子。

当孩子苏醒过来之后，跪在地上感谢船长的救命之恩时，船长扶起孩子问："孩子，你怎么能坚持这么长的时间？"

孩子回答说："我知道您一定会来救我的，一定会的！"

"你怎么知道我一定会来救你的？"

"因为我知道你是那样的人！"

听到这里，白发苍苍的船长"扑通"一声跪在孩子面前，泪流满面："孩子。不是我救了你，而是你救了我啊！现在我还在为我在那一刻的犹豫而感到耻辱……"

※哲理感知※

　　一个人能被他人相信也是一种幸福。当他在绝望时能想起你，希望能得到你的帮助，相信你给予他拯救时，对你来说，这种幸福也是来之不易的。

放大你的优点

一个穷困潦倒的青年人,流浪到巴黎,期望父亲的朋友能帮助自己找到一份谋生的差事。

"精通数学吗?"父亲的朋友问他。青年摇摇头。"历史、地理怎样?"青年人还是摇摇头。"那法律呢?"青年人窘迫地垂下头。父亲的朋友接连发问,青年人只能摇头告诉对方,自己连丝毫的优点也找不出来。"那你先把住址写下来吧。"于是青年人写下了自己的住址。当他转身要走时,却被父亲的朋友一把拉住了:"你的名字写得很漂亮嘛,这就是你的优点啊,你不该只满足找一份糊口的工作。"数年后,这个青年人果然写出享誉世界的经典作品。他就是家喻户晓的法国18世纪著名作家大仲马。

❈哲理感知❈

世间许多平凡之辈,都有一些小优点,但这些小优点由于自卑常常被忽略了。其实,每个平淡的生命中,都蕴涵着一座丰富金矿,只要肯挖掘,就会挖出令自己都惊讶不已的宝藏……

庄稼与杂草

一位哲学家带着他的弟子周游世界。在游历了许多国家,拜访了许多著名的学府之后,个个满腹经纶的他们回到了出发地。进城之前,哲学家和他的弟子在郊外的一片草地上坐了下来。哲学家说:"在你们结束学业的时候,今天我们上最后一课。你们看,在我们周围的旷野里,长满了野草,现在我想知道的是你们如何铲除这些野草?"针对老师的提问,弟子们非常惊愕。他们都没有想到,一直在探讨人生奥妙的哲学家,最后一课问的竟是这么一个简单的问题。

一个弟子首先开口："老师，只要有一把铲刀就够了。"哲学家点点头。

"用火烧也是很好的办法。"

"撒上石灰，可以铲掉所有的野草。"

"斩草除根，只要把根挖出来就行。"

……

等弟子都讲完了，哲学家站起来说："课就上到这里，你们回去后，各按照自己的办法除去一片杂草。没有除掉的，一年后的今天再来相聚。"

一年后，他们都来了。不过他们发现原来相聚的地方不再是杂草丛生，而是一片长满谷子的庄稼地。他们来到去年就坐的地方，并未见到哲学家，却发现了一张纸条，上面写着："要想铲除旷野里的杂草，最好的方法就是让庄稼长势良好。"

❀哲理感知❀

要想让灵魂无纷扰，唯一的方法就是用美德去占据它。

狼设置的"陷阱"

一只狼躲在一个山洞里,等待着猎物的到来。但是,好长时间过去了,也未见猎物的踪影。狼想:这一定是陷阱布置得缺少诱惑力。于是,狼采集了一些鲜嫩的青草,沿路撒着,一直延伸到洞里。

狼继续隐藏在洞口等待着猎物,果然,一只山羊吃着草走了过来,钻进了洞里。狼大喜,扑上前去,将洞封住,山羊情急下向洞的深处跑去,最后竟然从后面的一个小洞逃走了。

狼十分懊丧,它将洞内所有的出口检视一番后全部堵住,然后又躲在洞口等待猎物。一会儿,传来了一阵脚步声,一群持枪的猎人蜂拥而入,因洞内所有的出口全被堵住,狼只好束手就擒。

❀哲理感知❀

世上的陷阱起初都是给别人设置的,后来却往往陷住了自己。

机会只有一次

有个人在一天晚上碰到一个神仙,这个神仙告诉他说,有大事要发生在他身上了,他会有机会得到很大的一笔财富,他也将会在社会上获得卓越的地位,并且娶到一个漂亮的妻子。这个人终其一生都在等待这个奇异的承诺,可是什么事也没发生。他穷困潦倒地度过了他的一生,孤独地老死了。当他死后,他又看见了那个神仙,他对神仙说:"你说过要给我财富、很高的社会地位和漂亮的妻子,我等了一辈子,却什么也没有。"

神仙回答他说:"我没说过那种话。我只承诺过要给你机会得到财富、一个受人尊重的社会地位和一个漂亮的妻子,可是你让这些机会从你身边溜走了。"这个人迷惑了,他说:"我不明白你的意思。"神仙回答道:"你记得你曾经有一次想到一个好点子,可是你没有付出行动,因为你怕失败而不敢去尝试吗?"这个人点了点头。

神仙继续说:"因为你没有去行动,这个点子几年以后被另外一个人想到了,那个人一点也没犹豫地去做了,结果他后来变成了全国最有钱的人。还有,你应该还记得,有一次发生了大地震,城里大半的房子都毁了,好几千人被困在倒塌的房子里。你有机会去帮忙拯救那些存活的人,可是你怕小偷会趁你不在家的时候,到你家里去偷东西,你以这作为借口,故意忽视那些需要你帮助的人,而只是守着自己的房子。"这个人不好意思地点点头。

神仙说:"那是你去拯救几百个人的好机会,而那个机会可以使你在城里得到多大的尊崇和荣耀啊!"

"还有,"神仙继续说,"你记不记得有一个头发乌黑的漂亮女子,你曾经非常强烈地被她吸引,你从来不曾这么喜欢过一个女人,在那之后也没有再碰到过像她这么好的女人。可是你想她不可能会喜欢你,更不可能会答应跟你结婚,你因为害怕被拒绝,就让她从你身旁溜走了。"这个人又点点头,这次他流下了眼泪。

神仙说:"我的朋友啊,就是她!她本来该是你的妻子,你们会有好几个漂亮的小孩,而且跟她在一起,你的人生将会有许许多多的快乐。"

❈哲理感知❈

　　许多人对待机会就如同孩童在海滨玩沙子那样,他们让小手握满了沙子,然后让沙粒落下去,一粒接着一粒,直至它们全部落光。

信念无敌

一队沙漠探险队员正在沙漠上艰难前行着,这时大家发现遇到了一个大问题:所有人的水壶都没水了。在沙漠中,没水意味着什么,大家心里都很清楚。所有的队员都感到死神正在向他们挥手,此时他们都觉得四肢乏力,几乎都走不动了。

这时,队长把所有队员召集在一起。只见他拿起一个水壶,缓缓地说:我这边还有一壶水,我们还有希望在喝完这壶水之前走出沙漠,找到水源。他接着又说:"但我们就这一壶水了,在没有走出这沙漠之前,谁也不能喝这壶水。"

这壶水在队员手中传递着,大家拿着那水壶都感到沉甸甸的,一股希望重新在他们身上流淌,使他们浑身又都充满了力量。

终于,探险队走出了沙漠,就在大家喜极而泣的时候,大家不约而同地想到了那壶水。那壶水再次在所有队员的手中传递,最后回到了队长的手里,队长缓缓地打开壶盖,倒下了满满一壶的沙子。

❈哲理感知❈

真正的信心并不是安全感的结果,而是将有限生命的脆弱性和精神的内在力量糅合为一的能力。

扛船赶路

一个青年背着一个大包裹千里迢迢跑来找无际大师，他说："大师，我是那样的孤独、痛苦和寂寞，长期的跋涉使我疲倦到了极点；我的鞋子破了，荆棘割破双脚；手也受伤了，流血不止；嗓子因为长久的呼喊而沙哑……为什么我还不能找到心中的阳光？"

大师问："你的大包裹里装的是什么？"

青年说:"它对我可重要了。里面是我每一次跌倒时的痛苦,每一次受伤后的哭泣,每一次孤寂时的烦恼……靠了它,我才能走到您这儿来。"

于是,无际大师带着青年来到河边,他们坐船过了河。上岸后,大师说:"你扛着船赶路吧!"

"什么,扛了船赶路?"青年很惊讶,"它那么沉,我扛得动吗?"

"是的,孩子,你扛不动它。"大师微微一笑,说:"过河时,船是有用的。但过了河,我们就要放下船赶路。否则,它会变成我们的包袱。痛苦、孤独、寂寞、灾难、眼泪,这些对人生都是有用的,它能使生命得到升华,但如果须臾不忘,它们就成了人生的包袱。放下它吧!孩子,生命不能太负重。"

于是青年放下了包袱,继续赶路,他发觉自己的步子,比以前轻快得多了。原来,生命是可以不必如此沉重的。

❋哲 理 感 知❋

有的时候,放弃也许是我们最好的选择。只有放弃以前的种种负重,才意味着我们以后的成功。

再忍耐一下

有一位年轻人毕业后被分配到一个海上油田钻井队工作。在海上工作的第一天,领班要求他在限定的时间内登上几十米高的钻井架,把一个包装好的漂亮盒子拿给在井架顶层的主管。年轻人抱着盒子,快步登上狭窄的、通往井架顶层的舷梯。当他气喘吁吁,满头大汗地登上顶层,把盒子交给主管时,主管只在盒子上面签下自己的名字,又让他送回去。于是,他又快步走下舷梯,把盒子交给领班,而领班也是同样在盒子上面签下自己的名字,让他再次送给主管。

年轻人看了看领班,犹豫了片刻,又转身登上舷梯。当他第二次登上井架的顶层时,已经浑身是汗,两条腿抖得厉害。主管和上次一样,只是在盒子上签下名字,又让他把盒子送下去。年轻人擦了擦脸上的汗水,转身走下舷梯,把盒子送下来,可是,领班还是在签完字以后让他再送上去。

年轻人终于开始感到愤怒了。但他尽力忍着来发作,擦了擦满脸的汗水,抬头看着那已经爬上爬下了数次的舷梯,抱起盒子,步履艰难地往上爬。当他爬到顶层时,浑身上下都被汗水浸透了,汗水顺着脸颊往下直淌。当他第三次把盒子递给主管时,主管看着他慢条斯理地说:"把盒子打开。"

年轻人撕开盒子外面的包装纸,打开盒子——里面是两个玻璃罐:一罐是咖啡,另一罐是咖啡伴侣。年轻人终于无法克制心头的怒火,把愤怒的目光射向主管。主管又对他说："把咖啡冲上。"此时，年轻人再也忍不住了，"啪"的一声把盒子扔在地上，说："我不干了！"说完，他看看扔在地上的盒子，感到心里痛快了许多，刚才的愤怒发泄了出来。

这时，主管站起身来，直视他说："你可以走了。不过，看在你上来三次的份上我可以告诉你，刚才让你做的这些叫做'承受极限训练'，因为我们在海上作业，随时会遇到危险，这就要求队员们有极强的承受力，承受各种危险的考验，只有这样才能成功地完成海上作业任务。很可惜，前面三次你都通过了，只差这最后的一点点，你没有喝到你冲的甜咖啡，现在，你可以走了。

❀哲 理 感 知❀

　　忍耐，大多数时候是痛苦的，因为忍耐压抑了人性。但是，成功往往就是在你忍耐了常人所无法承受的痛苦之后，才出现在你面前的。千万不要在只差那么一点点时就放弃了。